CME-K
2nd Edition

Textbook 課本
繁體版

輕鬆學漢語
少兒版

CHINESE MADE EASY

FOR KIDS

2

Joint Publishing (H.K.) Co., Ltd.
三聯書店（香港）有限公司

Yamin Ma

Chinese Made Easy for Kids (Textbook 2) (Traditional Character Version)

Yamin Ma

Editor	Hu Anyu, Li Yuezhan
Art design	Arthur Y. Wang, Yamin Ma
Cover design	Arthur Y. Wang, Zhong Wenjun
Graphic design	Zhong Wenjun
Typeset	Sun Suling

Published by

JOINT PUBLISHING (H.K.) CO., LTD.

20/F., North Point Industrial Building,

499 King's Road, North Point, Hong Kong

Distributed by

SUP PUBLISHING LOGISTICS (H.K.) LTD.

16/F., 220-248 Texaco Road, Tsuen Wan, N.T., Hong Kong

First published October 2005

Second edition, first impression, April 2015

Second edition, fifth impression, May 2023

Copyright ©2005, 2015 Joint Publishing (H.K.) Co., Ltd.

E-mail:publish@jointpublishing.com

輕鬆學漢語 少兒版 (課本二) 〔繁體版〕

編　　著	馬亞敏	
責任編輯	胡安宇	李玥展
美術策劃	王　宇	馬亞敏
封面設計	王　宇	鍾文君
版式設計	鍾文君	
排　　版	孫素玲	
出　　版	三聯書店（香港）有限公司	
	香港北角英皇道 499 號北角工業大廈 20 樓	
發　　行	香港聯合書刊物流有限公司	
	香港新界荃灣德士古道 220-248 號 16 樓	
印　　刷	中華商務彩色印刷有限公司	
	香港新界大埔汀麗路 36 號 14 字樓	
版　　次	2005 年 10 月香港第一版第一次印刷	
	2015 年 4 月香港第二版第一次印刷	
	2023 年 5 月香港第二版第五次印刷	
規　　格	大 16 開（210×260mm）128 面	
國際書號	ISBN 978-962-04-3688-8	

© 2005, 2015 三聯書店（香港）有限公司

簡介

- 《輕鬆學漢語》少兒版系列（第二版）是一套專門為漢語作為第二語言／外語學習者編寫的國際漢語教材，主要適合小學生使用。

- 本套教材旨在從小培養學生對漢語學習的興趣，幫助學生奠定扎實的漢語基礎，培養學生的漢語交際能力。

- 《輕鬆學漢語》少兒版共有四冊，每冊都有課本、練習冊、補充練習、讀物、教師用書、字卡、圖卡、掛圖和電子教學資源。

- 本套教材為學習給中學生和大學生編寫的《輕鬆學漢語》（一至七冊）奠定了基礎。

課程設計

教材內容

- 課本通過課文、根據課文編寫的韻律詩、多種形式的練習、有趣的課堂遊戲培養學生的語言交際能力，使學生在輕鬆的氛圍中學習漢語。

- 練習冊中有漢字描紅、抄寫漢字、讀句子、讀短文等練習，重點培養學生的漢字書寫和閱讀理解能力。

- 補充練習可以根據教學需要配合練習冊使用。其中的題目也可以用作單元測驗。

- 教師用書為教師提供了具體的教學建議，以及課本、練習冊和補充練習的答案。

INTRODUCTION

- The second edition of *Chinese Made Easy for Kids* is written for primary school children who are learning Chinese as a foreign/second language.

- The primary goal of the series is to help beginners build a solid foundation of Chinese and cultivate interest in learning Chinese. The series is designed to emphasize the development of communication skills from an early age.

- *Chinese Made Easy for Kids* is composed of 4 textbooks (Books 1-4), and each accompanied by a workbook. This series is supplemented by Worksheets, Readers, Teacher's book, word cards, picture cards, posters and digital resources.

- This series has been written to provide a foundation for the subsequent use of *Chinese Made Easy* (Books 1-7), that is written for secondary and university students.

DESIGN OF THE SERIES

The content of this series

- The Textbook aims to develop communication skills through audio exercises, conversations, questions and answers, speaking practice and etc. In order to reinforce and consolidate new vocabulary and sentences, the games in the Textbook are designed to create a fun learning environment. The accompanying rhymes mainly consist of the new vocabulary in each lesson to aid language acquisition.

- In order to build a solid foundation for character writing, tracing and copying characters exercises are included in the Workbook. Exercises such as reading phrases, sentences and short paragraphs aim to develop children's reading comprehension skills.

- In order to supplement the exercises in the Workbook, more exercises in the Worksheets are provided. These exercises can be rearranged to make unit tests when needed.

- Answers to the exercises in the Textbook, Workbook and Worksheets along with suggestions for teaching and learning are provided in the Teacher's book.

教材特色

- 考慮到社會的發展、漢語學習者的需求以及教學方法的變化，第二版對 2005 年出版的第一版《輕鬆學漢語》少兒版作了更新和優化。

o 吸收了一些新詞匯。

o 當介紹一個新字時，只提供適合該課的解釋。

o 為了方便學生課後溫習，這次改版為生詞配了錄音。

o 重複使用學過的詞語，讓韻律詩更簡單順口。

o 為了幫助學生更好地掌握漢語數字，增加了數字練習。

o 基於少兒有自然語言習得的特點，量詞又是漢語學習中的難點，所以這次改版增加了量詞練習。

o 為了使學生能更多地接觸漢字，更順暢地完成練習，在很多圖片旁都標註了漢字。

- 語音、漢字、詞匯、語法教學都遵循了漢語的內在規律和少兒的學習規律。

o 學生從一開始就接觸語音和聲調。通過不斷練習，幫助學生最終掌握標準的語音和語調。

o 根據漢字本身的結構來教漢字。在掌握了偏旁部首和簡單漢字後，學生就有能力分析遇到的生字，也能更有效地記住漢字。

o 所選的詞匯都是學生日常生活中常用的。為了鞏固和加強學生對詞語的掌握，學過的詞語會在以後的書中複現。

o 語法不作單獨的解釋。通過在具體的情景和有趣的練習中不斷接觸語法，學生會自然地悟出規律。

The characteristics of the series

- Since the 1st edition of *Chinese Made Easy for Kids* was published in 2005, the 2nd edition has evolved to take into account social development needs, learning needs and advances in foreign language teaching methodology.

o New vocabulary and expressions were included.

o When a new word was introduced, only one meaning was given.

o In order to help children review new vocabulary after school, audio recording was provided.

o Simple and previously learned vocabulary was used to make the rhymes easier.

o More exercises on Chinese numbers were added, in order to help children say numbers in Chinese more automatically and fluidly.

o Measure word exercises were added, as measure words are challenging to learn and children at young age can acquire them in a natural way.

o In order to provide more exposure to Chinese characters and help children perform tasks more smoothly, Chinese characters were given alongside the pictures.

- The teaching of pronunciation, characters, vocabulary and grammar respects the unique Chinese language system and the way Chinese is learned.

o Children will be exposed to the phonetic symbols and tones from the very beginning. Generally, it is found that children will overcome temporary confusion within a short period of time, and will eventually acquire good pronunciation and intonation of Chinese with on-going reinforcement of pinyin practice.

o Chinese characters are taught according to the character formation system. Once the children have a good grasp of radicals and simple characters, they will be able to analyze most of the compound characters they encounter, and to memorize new characters in a logical way.

o Children at this age tend to learn vocabulary related to their environment. The vocabulary in previous books is repeated in later books to consolidate and reinforce memory.

o Grammar and sentence structures are not explained in any forms, rather children arrive at grammar rules through consistent and interesting exercises provided throughout the books.

課堂教學建議

- 如果每天有一節漢語課，一冊書能在一年之內學完。教師可以根據學生的漢語水平和學習能力靈活安排教學進度。

- 在使用本套教材時，建議教師：
o 帶領學生做語音練習，鼓勵學生大聲讀出生詞。
o 一筆一劃地演示漢字的寫法，指導學生分析每個漢字的結構，鼓勵他們發揮想象記憶漢字。
o 課上要儘量為學生提供聽力和會話練習的機會。
o 佈置練習和活動時可以根據學生的能力和水平作適當的調整，增加難度或者重複使用。練習冊中的練習可以在課堂中使用，也可以讓學生在家裏做。
o 鼓勵學生背誦第三、四冊課本中的乘法口訣表。

- 在使用本套教材時，學生應該：
o 反覆聆聽課文和生詞的錄音。
o 就課本中的課文插圖做對話練習或復述課文。
o 朗讀並背誦每課的韻律詩。
o 做生字的描紅練習，記住偏旁部首和簡單漢字。

馬亞敏

2014 年 8 月於香港

HOW TO USE THIS SERIES

- With one lesson daily, able and highly motivated children can complete one book within one academic year. Ultimately, the pace of teaching depends on the children's level and ability. Here are a few suggestions from the author.

- The teachers should:
o Go over the phonetic exercises in the textbook with the children. At a later stage, the children should be encouraged to pronounce new pinyin on their own.
o Demonstrate the stroke order of each character to beginners. The teacher should guide the children in analyzing new characters and encourage them to use their imagination to aid memorization.
o Provide every opportunity for the children to develop their listening and speaking skills.
o Modify, recycle or extend the games and some exercises according to the children's levels. A wide variety of exercises in the workbook can be used for both class work and homework.
o Encourage children to recite times table in Books 3 and 4 of this series.

- The children are expected to:
o Listen to the recording of the text and new words.
o Make a conversation or retell the story by looking at the pictures in each text.
o Read and recite the rhyme in each lesson.
o Trace the new characters in each lesson and memorize radicals and simple characters.

Yamin Ma
August 2014, Hong Kong

Author's acknowledgements

The author is grateful to all the following people who have helped to bring the books to publication:

- 侯明女士 who trusted my ability and expertise in the field of Chinese language teaching and learning, and offered support during the period of publication.
- Editors, 李玥展、胡安宇 , graphic designers, 鍾文君、孫素玲 for their meticulous work. I am greatly indebted to them.
- Art consultants, Arthur Y. Wang and Annie Wang, whose guidance, creativity and insight have made the books beautiful and attractive. Artists, 陸穎、萬瓊、龔華偉、于霆、張樂民、吳蓉蓉 , Arthur Y. Wang and Annie Wang for their artistic ability in the illustrations.
- Ms. Xinying Li who gave valuable suggestions in the design of this series, contributed exercises and rhymes and proofread the manuscripts. I am grateful for her encouragement and support for my work.
- Ms. Xinying Li, 胡廉軻、馬繪淋、鍾心悦 who recorded the voice tracks that accompany this series.
- Finally, members of my family who have always supported and encouraged me to pursue my research and work on these books. Without their continual and generous support, I would not have had the energy and time to accomplish this project.

CONTENTS

相關教學資源 Related Teaching Resources

歡迎瀏覽網址或掃描二維碼瞭解《輕鬆學漢語》《輕鬆學漢語（少兒版）》電子課本。

For more details about e-textbook of *Chinese Made Easy,* *Chinese Made Easy for Kids*, please visit the website or scan the QR code below.
http://www.jpchinese.org/ebook

dì yī kè
第一課

nǐ zhù zài nǎr
你住在哪兒

wǒ jiā zhù zài huā yuán lù wǔ bǎi qī shí hào
我家住在花園路五百七十號。

wǒ jiā de diàn huà hào mǎ shì
我家的電話號碼是：

èr líng qī liù yī wǔ bā sì
二〇七六 一五八四。

nǐ jiā zhù zài nǎr
你家住在哪兒？

nǐ jiā de diàn huà hào mǎ shì duō shao
你家的電話號碼是多少？

1 住 zhù live

2 在 zài in; on; at

3 花園 huā yuán a street name

4 路 lù road; street

5 百 bǎi hundred

6 號 hào ordinal number

7 話 huà word; talk

電話 diàn huà telephone

8 碼 mǎ number   號碼 hào mǎ number

電話號碼 diàn huà hào mǎ telephone number

9 哪 nǎ which; what

10 兒 ér a suffix   哪兒 nǎr where

11 多 duō many; much

12 少 shao few; little

多少 duō shao how many; how much

---

1 ▎ **Say the numbers in Chinese.**

①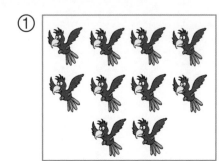

③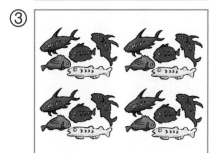

②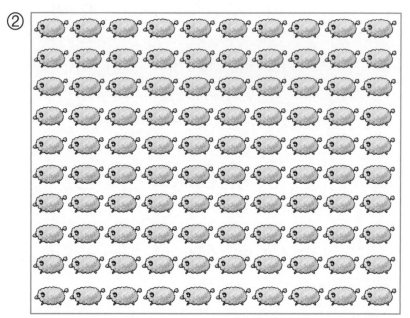

2

2 Fill in the missing numbers.

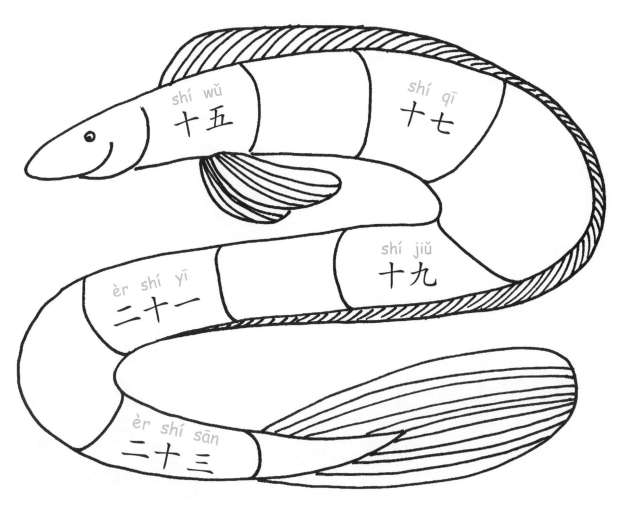

shí wǔ
十五

shí qī
十七

shí jiǔ
十九

èr shí yī
二十一

èr shí sān
二十三

3 Learn the radicals.

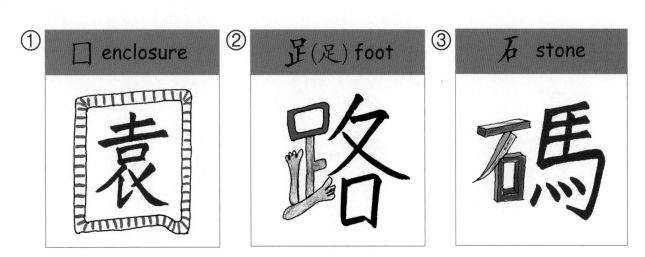

① 囗 enclosure

袁

② 𧾷(足) foot

路

③ 石 stone

碼

4 Say the numbers in Chinese.

EXAMPLE: 15 → 十五 *shí wǔ*

1. 19 → _____
2. 20 → _____
3. 24 → _____
4. 57 → _____
5. 86 → _____
6. 100 → _____

5 Listen, clap and practise. 🎧3

請問，請問，你住在哪兒？
qǐng wèn   qǐng wèn   nǐ zhù zài   nǎr

我家住在花園路。
wǒ jiā zhù zài huā yuán lù

請問，請問，他住在哪兒？
qǐng wèn   qǐng wèn   tā zhù zài   nǎr

他家住在紅石路。
tā jiā zhù zài hóng shí lù

6 Learn the characters.

①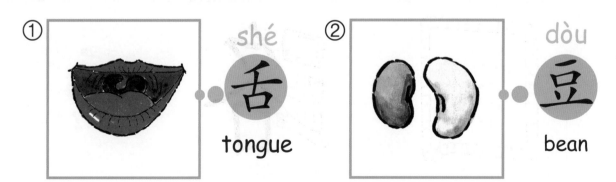

shé
舌
tongue

②
dòu
豆
bean

4

7 Read aloud the telephone numbers.

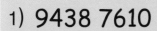

EXAMPLE: 2513 8790 →
二五一三 八七九〇
èr wǔ yī sān bā qī jiǔ líng

1) 9438 7610

2) 5491 0074

3) 2708 1174

4) 9673 2005

8 Listen to the recording and fill in the missing numbers. 🎧 4

1) 2 4 7 __3__ 4 3 __0__ 8

2) 9 ____ 6 5 2 ____ 0 7

3) 5 4 ____ 0 9 3 ____ 1

4) 9 ____ 3 1 1 ____ 5 3

5) 8 4 ____ 9 ____ 3 2 1

6) 5 ____ 3 0 6 6 4 ____

9 Ask your classmates for their names and telephone numbers and then write them down.

nǐ jiào shén me míng zi
你叫什麼名字？

nǐ jiā de diàn huà hào mǎ shì duō shao
你家的電話號碼是多少？

xìng míng 姓名	diàn huà hào mǎ 電話號碼
1)	
2)	
3)	

10 Game.

7 + 2 = ?

qī jiā èr děng yú
七加二等於？

jiǔ
九

INSTRUCTIONS:

1 The whole class may join the game.

2 The teacher asks a maths question and the students must respond in Chinese.

3 Those who do not get the right answers must answer the next question.

EXAMPLE: 7 + 2 = ⬚ 9

11 Say the numbers in Chinese.

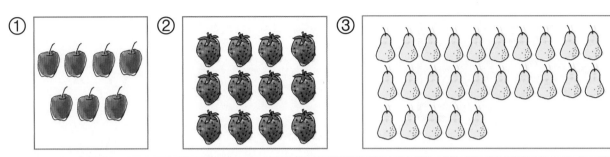

12 Ask your classmates the questions.

nǐ jiào shén me míng zi　　nǐ jǐ suì
1) 你叫什麼名字? 你幾歲?

nǐ jiā yǒu jǐ kǒu rén　　nǐ jiā yǒu shéi
2) 你家有幾口人? 你家有誰?

nǐ jiā zhù zài　nǎr
3) 你家住在哪兒?

nǐ jiā de diàn huà hào mǎ shì duō shao
4) 你家的電話號碼是多少?

dì èr kè
第二課

wǒ ài jiā rén
我愛家人

🎧 5

wǒ jiā yǒu sān kǒu rén　　　bà
我 家 有 三 口 人 ： 爸

ba　　mā ma hé wǒ　　　wǒ méi yǒu xiōng
爸 、 媽 媽 和 我 。 我 沒 有 兄

dì jiě mèi　　　wǒ yǒu yé ye　　　nǎi
弟 姐 妹 。 我 有 爺 爺 、 奶

nai　　yí ge shū shu hé liǎng ge gū gu　　wǒ de jiā rén dōu
奶 、 一 個 叔 叔 和 兩 個 姑 姑 。 我 的 家 人 都

hěn ài wǒ　　　wǒ yě ài tā men
很 愛 我 ， 我 也 愛 他 們 。

New words: 🎧 6

1 兄 (xiōng) elder brother
　兄弟 (xiōng dì) brothers
　姐妹 (jiě mèi) sisters
　兄弟姐妹 (xiōng dì jiě mèi) brothers and sisters

2 爺（爺） (yé ye) father's father

3 奶（奶） (nǎi nai) father's mother

4 叔（叔） (shū shu) father's brother

5 姑（姑） (gū gu) father's sister

6 家人 (jiā rén) family member

7 愛 (ài) love

8 也 (yě) also

9 他們 (tā men) they; them

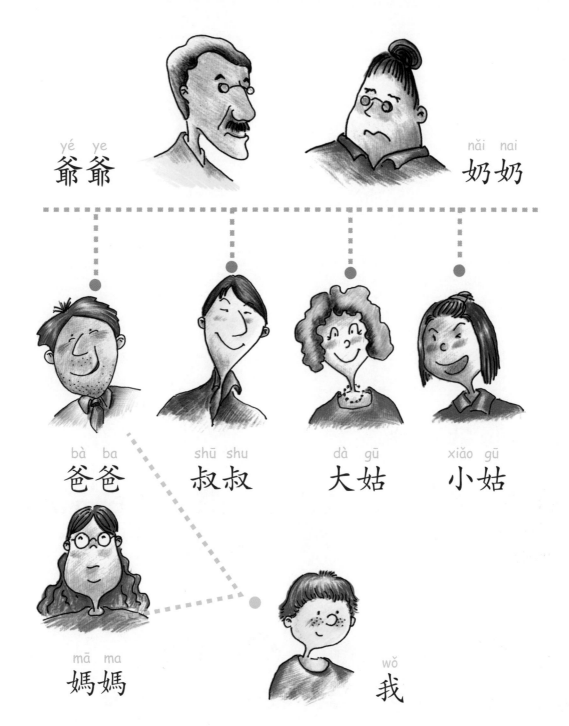

爺爺 yé ye
奶奶 nǎi nai
爸爸 bà ba
叔叔 shū shu
大姑 dà gū
小姑 xiǎo gū
媽媽 mā ma
我 wǒ

1 **Say the numbers according to the patterns.**

1) 十、二十、三十、·····················一百
   shí èr shí sān shí   yì bǎi

2) 五、十、十五、·······················五十
   wǔ shí shí wǔ   wǔ shí

2 Ask your classmates the questions.

1) 你爺爺、奶奶住在哪兒？
nǐ yé ye   nǎi nai zhù zài   nǎr

2) 他們養寵物嗎？
tā men yǎng chǒng wù ma

3) 他們家的電話號碼是多少？
tā men jiā de diàn huà hào mǎ shì duō shao

4) 你有叔叔嗎？ 有幾個？
nǐ yǒu shū shu ma   yǒu jǐ ge

3 Say in Chinese.

外婆 *wài pó*　　外公 *wài gōng*　　爺爺 *yé ye*　　奶奶 *nǎi nai*

姨媽 *yí mā*　舅舅 *jiù jiu*　媽媽 *mā ma*　爸爸 *bà ba*　叔叔 *shū shu*　姑姑 *gū gu*

我 *wǒ*

Extra words:

ⓐ 外公 *wài gōng*
mother's father

ⓑ 外婆 *wài pó*
mother's mother

ⓒ 舅舅 *jiù jiu*
mother's brother

ⓓ 姨媽 *yí mā*
mother's sister

4 Listen, clap and practise. 🎧 7

wǒ yǒu yé ye hé nǎi nai
我有爺爺和奶奶，
hái yǒu shū shu hé gū gu
還有叔叔和姑姑。
wǒ yǒu wài gōng hé wài pó
我有外公和外婆，
hái yǒu yí mā hé jiù jiu
還有姨媽和舅舅。
tā men ài wǒ wǒ ài tā men
他們愛我，我愛他們，
wǒ men shì kuài lè de yì jiā
我們是快樂的一家。

5 Listen to the recording. Tick what is correct and cross what is incorrect. 🎧 8

6 **Look, read and match. Write the numbers.**

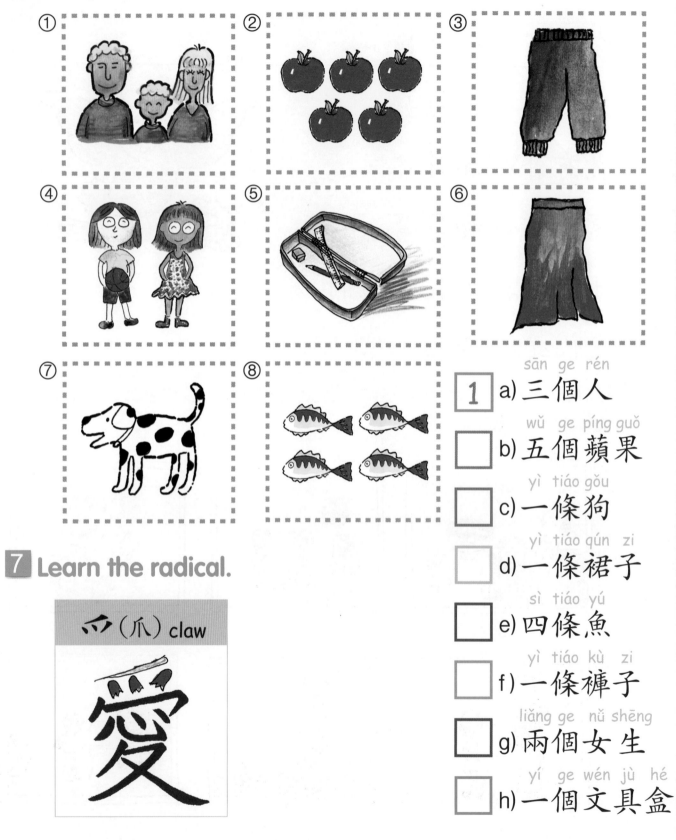

① ② ③

④ ⑤ ⑥

⑦ ⑧

1 a) 三個人 *sān ge rén*

b) 五個蘋果 *wǔ ge píng guǒ*

c) 一條狗 *yì tiáo gǒu*

d) 一條裙子 *yì tiáo qún zi*

e) 四條魚 *sì tiáo yú*

f) 一條褲子 *yì tiáo kù zi*

g) 兩個女生 *liǎng ge nǚ shēng*

h) 一個文具盒 *yí ge wén jù hé*

7 **Learn the radical.**

爫（爪）claw

愛

12

8 Learn the characters.

①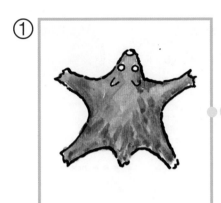
pí

皮
leather

②
yī

衣
clothes

9 Game.

EXAMPLE: 6 + 6 = ☐12

INSTRUCTIONS:

1 The whole class may join the game.

2 One student is asked to go to the front. He/she uses both hands to show the Chinese hand signs for numbers.

3 The other students must add the two numbers together and say the answer in Chinese.

4 Those who do not say the correct answers are asked to go to the front to start the next turn.

10 Speaking practice.

wǒ jiā yǒu sì kǒu rén   bà ba
EXAMPLE: 我家有四口人：爸爸……

wǒ yǒu yé ye   nǎi nai
我有爺爺、奶奶……

IT IS YOUR TURN! Introduce your family members.

mèi mei de shēng rì
妹妹的生日

🎧 9

wǒ mèi mei shǔ tù　　tā èr líng yī yī
我妹妹屬兔。她二〇一一

nián shí èr yuè sì hào chū shēng　　nà tiān shì xīng
年十二月四號出生。那天是星

qī tiān　　jīn tiān shì tā de shēng rì
期天。今天是她的生日。

New words: 🎧 10

shǔ
① 屬　be born in the year of (one of the 12 zodiac animals)

tù
② 兔　rabbit

nián
③ 年　year

yuè　　　　　　shí èr yuè
④ 月　month　十二月　December

hào
⑤ 號　date of a month

chū
⑥ 出　go or come out

shēng　　　　　chū shēng
⑦ 生　be born　出生　be born

nà
⑧ 那　that

tiān　　　　　nà tiān
⑨ 天　day　那天　that day

xīng
⑩ 星　star

qī
⑪ 期　a period of time

xīng qī　　　　　xīng qī tiān
星期　week　星期天　Sunday

jīn　　　　　jīn tiān
⑫ 今　today　今天　today

rì　　　　　shēng rì
⑬ 日　day　生日　birthday

1 Say in Chinese.

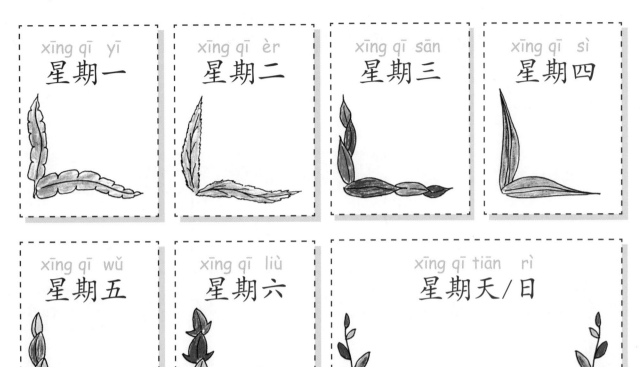

| xīng qī yī 星期一 | xīng qī èr 星期二 | xīng qī sān 星期三 | xīng qī sì 星期四 |

| xīng qī wǔ 星期五 | xīng qī liù 星期六 | xīng qī tiān rì 星期天／日 |

2 Say the numbers according to the patterns.

1) 一、二、三、……………………………………二十
yī èr sān   èr shí

2) 二、四、六、……………………………二十六
èr sì liù   èr shí liù

3) 一、三、五、……………………………十七
yī sān wǔ   shí qī

4) 十一、十二、……………………………二十六
shí yī shí èr   èr shí liù

3 Say in Chinese.

yī yuè 一 月	èr yuè 二 月	sān yuè 三 月
sì yuè 四 月	wǔ yuè 五 月	liù yuè 六 月
qī yuè 七 月	bā yuè 八 月	jiǔ yuè 九 月
shí yuè 十 月	shí yī yuè 十 一 月	shí èr yuè 十 二 月

4 Learn the characters.

huǒ
火
fire
①

②
jīn
巾
towel

5 Listen, clap and practise. 🎧11

nǐ shǔ shén me　　wǒ shǔ tù
你屬什麼？我屬兔。

tā shǔ shén me　　tā shǔ hǔ
他屬什麼？他屬虎。

jīn tiān wǒ shēng rì　　míng tiān tā shēng rì
今天我生日，明天他生日。

zhēn kuài lè　　zhēn kuài lè
真快樂！真快樂！

6 Game.

INSTRUCTIONS:

1　The whole class may join the game.

2　The teacher says the month and date in English, and the students say them in Chinese.

EXAMPLE:

sān yuè èr hào
March 2 → 三月二號

7 **Say in Chinese.**

EXAMPLE:

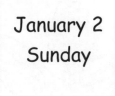

January 2
Sunday

yī yuè èr hào
一月二號
xīng qī tiān
星期天

2015
May 6
Wednesday

èr líng yī wǔ nián
二〇一五年
wǔ yuè liù hào
五月六號
xīng qī sān
星期三

①

October 15
Tuesday

②

June 20
Monday

③

August 10
Wednesday

④

2014
December 25
Thursday

8 **Game.**

小天三月出生。

對嗎?
correct

不對，我六月出生。
incorrect

小天

INSTRUCTIONS:

1 The whole class may join the game.

2 Student A guesses that student B was born in a certain month. Student B says either "correct" or "incorrect".

18

9 Listen to the recording and fill in the missing numbers. 🎧12

wǒ bà ba　　　　　　　　　　　nián chū shēng
1) 我爸爸 ＿＿＿＿＿＿＿ 年 出 生。

wǒ mā ma　　　　　　　　　　　nián chū shēng
2) 我媽媽 ＿＿＿＿＿＿＿ 年 出 生。

wǒ gē ge de shēng rì shì　　　　　　yuè　　　　　hào
3) 我哥哥的 生 日是 ＿＿＿ 月 ＿＿＿ 號。

wǒ dì di de shēng rì shì　　　　　　yuè　　　　　hào
4) 我弟弟的 生 日是 ＿＿＿ 月 ＿＿＿ 號。

wǒ chū shēng nà tiān shì xīng qī
5) 我出 生 那天是星 期 ＿＿＿。

10 Read and match.

jīn nián shì nǎ nián　　　　　　　　　shí yī yuè sān hào
1) 今年是哪年？　●　　　●　a) 十一月三號。

jīn tiān jǐ yuè jǐ hào　　　　　　　　èr líng yī wǔ nián
2) 今天幾月幾號？　●　　　●　b) 二〇一五年。

jīn tiān xīng qī jǐ　　　　　　　　　xīng qī sì
3) 今天 星 期幾？　●　　　●　c) 星期四。

IT IS YOUR TURN!

Ask your partner the above questions.

11 Ask your partner the questions.

Extra words:

- ⓐ 鼠 shǔ mouse
- ⓑ 牛 niú cow
- ⓒ 虎 hǔ tiger
- ⓓ 龍 lóng dragon
- ⓔ 蛇 shé snake
- ⓕ 羊 yáng sheep
- ⓖ 猴 hóu monkey
- ⓗ 雞 jī rooster
- ⓘ 豬 zhū pig

Questions	xué shēng 學 生
nǐ jīn nián jǐ suì 1) 你今年幾歲?	
nǐ shǔ shén me 2) 你屬什麼?	
nǐ nǎ nián chū shēng 3) 你哪年出生?	
nǐ de shēng rì shì jǐ yuè jǐ hào 4) 你的生日是幾月幾號?	

12 Ask your classmates the questions.

1) nǐ jiā yǒu jǐ kǒu rén
你家有幾口人？

2) nǐ yǒu gū gu ma　yǒu jǐ ge
你有姑姑嗎？ 有幾個？

3) nǐ jiā de diàn huà hào mǎ shì duō shao
你家的電話號碼是多少？

4) jīn tiān jǐ yuè jǐ hào　xīng qī jǐ
今天幾月幾號？ 星期幾？

13 Speaking practice.

EXAMPLE:

wǒ jiā yǒu sān kǒu rén　bà
我家有三口人：爸
ba　mā ma hé wǒ　wǒ bà ba sān
爸、媽媽和我。我爸爸三
shí liù suì　shǔ yáng　wǒ mā ma sān
十六歲，屬羊。我媽媽三
shí sì suì　shǔ jī　wǒ jīn nián qī suì　shǔ shǔ　wǒ èr líng líng
十四歲，屬雞。我今年七歲，屬鼠。我二〇〇
bā nián èr yuè shí hào chū shēng
八年二月十號出生。

IT IS YOUR TURN!　Introduce your family members.

dì sì kè
第四課
dòng wù yuán
動物園

🎧13

wǒ hěn xǐ huan dòng wù　　bà ba　　mā
我很喜歡動物。爸爸、媽

ma cháng cháng dài wǒ qù dòng wù yuán
媽常常帶我去動物園。

dòng wù yuán li yǒu hóu zi lǎo hǔ dà xiàng

動物園裏有猴子、老虎、大象、

shī zi xióng māo shé děng děng

獅子、熊貓、蛇等等。

New words: 🎧14

① cháng
常 often 常常 cháng cháng often

② dài
帶 take

③ qù
去 go

④ yuán
園 garden 動物園 dòng wù yuán zoo

⑤ hóu
猴 monkey 猴子 hóu zi monkey

⑥ hǔ
虎 tiger 老虎 lǎo hǔ tiger

⑦ xiàng
象 elephant 大象 dà xiàng elephant

⑧ shī
獅 lion 獅子 shī zi lion

⑨ xióng
熊 bear 熊貓 xióng māo panda

⑩ shé
蛇 snake

⑪ děng
等 etc. 等等 děng děng etc.

1 Learn the radicals.

① 小 small

② 土 soil

③ 虍 tiger

2 Listen to the recording. Tick what is correct and cross what is incorrect. 15

① ✕

②

③

④

⑤

⑥

3 Listen, clap and practise. 🎧16

wǒ men cháng qù dòng wù yuán
我們 常 去 動物園。

dòng wù yuán li yǒu shī zi
動物園裏有獅子，

yǒu lǎo hǔ　　yǒu dà xiàng
有老虎，有大象。

shī zi　　lǎo hǔ hé dà xiàng
獅子、老虎和大象。

4 Learn the characters.

① | tóu 頭 head

② | shǒu 手 hand

5 Ask your classmates the questions.

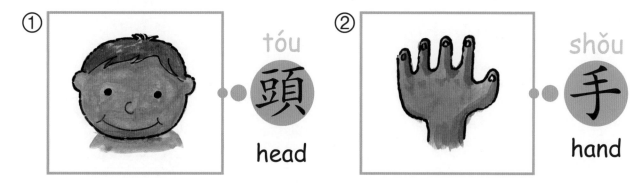

nǐ xǐ huan yǎng chǒng wù ma
1) 你喜歡 養 寵 物嗎？

nǐ yǎng le shén me chǒng wù
2) 你養了什麼 寵 物？

nǐ cháng cháng qù dòng wù yuán ma
3) 你常 常 去動物園嗎？

dòng wù yuán li yǒu shén me dòng wù
4) 動物園裏有什麼動物？

6 Name the animals in Chinese in the picture below.

Extra words:

a 龍蝦 _lóng xiā_ lobster

b 鴨子 _yā zi_ duck

c 烏龜 _wū guī_ tortoise

d 驢 _lú_ donkey

7 Write the numbers in Chinese.

1. 123 一百二十三
2. 210
3. 450

4. 300
5. 500
6. 680

7. 720
8. 900
9. 146

8 Say in Chinese.

①  猴子 _hóu zi_

②  老虎 _lǎo hǔ_

③  魚 _yú_

④  蛇 _shé_

⑤  大象 _dà xiàng_

⑥  狗 _gǒu_

⑦ niú 牛

⑧ xióngmāo 熊貓

Extra words:

ⓐ cháng jǐng lù 長頸鹿 giraffe

ⓑ dà xīng xing 大猩猩 gorilla

ⓒ hé mǎ 河馬 hippo

ⓓ bān mǎ 斑馬 zebra

⑩ bān mǎ 斑馬

⑨ cháng jǐng lù 長頸鹿

⑪ hé mǎ 河馬

⑭ jī 雞

⑫ xióng 熊

⑬ dà xīng xing 大猩猩

⑰ zhū 豬

⑮ tù zi 兔子

⑯ yáng 羊

⑱ māo 貓

⑲ mǎ 馬

⑳ shī zi 獅子

9 Game.

INSTRUCTIONS:

1   The whole class may join the game.

2   One student comes to the front and imitates an animal. The rest of the class guesses what the animal is.

10 Colour in the picture and describe it in Chinese.

EXAMPLE:

這是貓。

......

Answer the questions.

①

hóu zi chī shén me
猴子吃什麼？

②

mǎ chī shén me
馬吃什麼？

③

xióng māo chī shén me
熊 貓吃什麼？

④

gǒu chī shén me
狗吃什麼？

⑤

māo chī shén me
貓吃什麼？

⑥

yáng chī shén me
羊吃什麼？

⑦

jī chī shén me
雞吃什麼？

⑧

tù zi chī shén me
兔子吃什麼？

⑨

niú chī shén me
牛吃什麼？

Extra words:

ⓐ cǎo 草 grass ⓑ zhú zi 竹子 bamboo ⓒ gǔ tou 骨頭 bone ⓓ mǐ 米 rice

dì wǔ kè
第五課
xǐ huan de yán sè
喜歡的顏色

bà ba xǐ huan huī
sè hé zōng sè
爸爸喜歡灰色和棕色。

mā ma xǐ huan zǐ sè
媽媽喜歡紫色。

jiě jie xǐ huan chéng sè
姐姐喜歡 橙色。

mèi mei xǐ huan fěn sè
妹妹喜歡粉色。

wǒ xǐ huan lù sè
我喜歡綠色。

wǒ men yì jiā rén dōu xǐ huan bái sè hé hēi sè
我們一家人都喜歡白色和黑色。

New words: 🎧18

huī   huī sè
❶ 灰 grey   灰色 grey

zōng   zōng sè
❷ 棕 brown   棕色 brown

zǐ   zǐ sè
❸ 紫 purple 紫色 purple

chéng   chéng sè
❹ 橙 orange 橙色 orange

fěn   fěn sè
❺ 粉 pink   粉色 pink

lù   lù sè
❻ 綠 green   綠色 green

yì jiā rén
❼ 一家人 one family

1 Say the colours in Chinese.

EXAMPLE:

hóng sè
红色

① 黃色

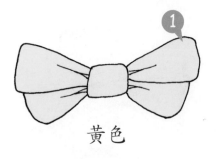

② 灰色

③ 綠色

④ 棕色

⑤ 黑色

⑥ 紫色

⑦ 橙色

⑧ 淺藍色

⑨ 深藍色

⑩ 白色

⑪ 粉色

2 Say the numbers according to the patterns.

1)   shí èr   shí sì   shí liù   sān shí liù
十二、十四、十六、⋯⋯⋯⋯⋯三十六

2)   sì shí yī   sì shí sān   sì shí wǔ   liù shí wǔ
四十一、四十三、四十五、⋯⋯⋯六十五

32

3 Listen, clap and practise. 🎧19

là bǐ　là bǐ　shén me yán sè
蠟筆，蠟筆，什麼顏色？
chéng sè　zǐ sè　zōng sè　lǜ sè
橙色、紫色、棕色、綠色。
là bǐ　là bǐ　shén me yán sè
蠟筆，蠟筆，什麼顏色？
chéng　zǐ　zōng　lǜ　huī sè
橙、紫、棕、綠、灰色。

4 Ask your classmates the questions.

nǐ de shēng rì shì jǐ yuè jǐ hào　nǐ shǔ shén me
1) 你的生日是幾月幾號？你屬什麼？

nǐ jiā yǒu jǐ kǒu rén　nǐ jiā yǒu shéi
2) 你家有幾口人？你家有誰？

nǐ bà ba shǔ shén me　nǐ mā ma shǔ shén me
3) 你爸爸屬什麼？你媽媽屬什麼？

nǐ xǐ huan shén me yán sè
4) 你喜歡什麼顏色？

nǐ men jiā yǎng chǒng wù ma　nǐ xǐ huan gǒu ma
5) 你們家養寵物嗎？你喜歡狗嗎？

5 Learn the characters.

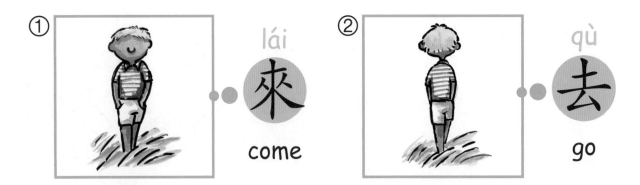

① lái 來 come

② qù 去 go

6 Listen to the recording. Tick what is correct and cross what is incorrect. 🎧20

7 Colour in the picture and describe it in Chinese.

zhè shì tā de fáng jiān　　tā de fáng jiān li yǒu
這是他的房間。他的房間裏有⋯⋯

tā de chuáng shang yǒu
他的 牀 上 有⋯⋯

tā de shū zhuō shang yǒu
他的書桌上有⋯⋯

8 Game.

> **INSTRUCTIONS:**
>
> 1 The whole class may join the game.
>
> 2 The teacher says one item in Chinese, and the students say what colour(s) it is in Chinese.

EXAMPLE:

lǎo shī　　　yú
老師：魚

xué shēng　　　hóng sè
學 生 1：紅色

xué shēng　　　huáng sè
學 生 2：黃色

9 Speaking practice.

EXAMPLE:

wǒ jiào huáng xiǎo huā　　wǒ jīn nián qī
我 叫 黃 小 花。我 今 年 七

suì　　shǔ zhū　　wǒ jiā yǒu sì kǒu rén　　bà
歲，屬豬。我家有四口人：爸

ba　　mā ma　　jiě jie hé wǒ　　wǒ bà ba
爸、媽媽、姐姐和我。我爸爸

xǐ huan hēi sè hé bái sè　　wǒ mā ma
喜歡黑色和白色。我媽媽……

IT IS YOUR TURN! Say the colours that your family members like.

36

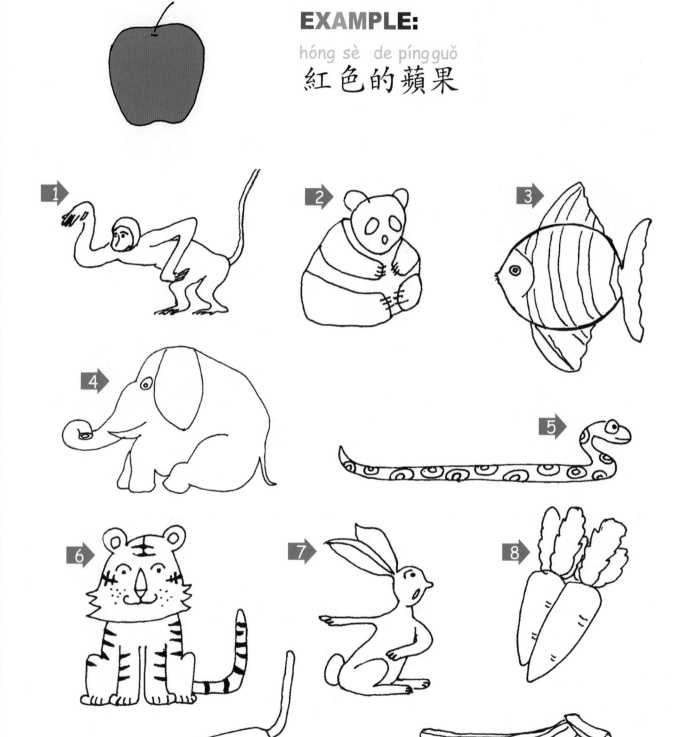

10 Colour in the pictures and describe them in Chinese.

EXAMPLE:

hóng sè de píngguǒ

紅色的蘋果

dì liù kè
第六課

kě ài de dì di
可愛的弟弟

🎧21

wǒ dì di yí suì le　　tā
我弟弟一歲了。他

yǒu sì kē yá　　tā de liǎn yuán
有四顆牙。他的臉圓

yuán de
圓的，

ěr duo xiǎo xiǎo de　　jiǎo yě
耳朵小小的，腳也

xiǎo xiǎo de　　tā hěn pàng
小小的。他很胖，

hěn kě ài
很可愛。

New words: 🎧22

kē
① 顆　a measure word (used for grain-like things)

yá
② 牙　tooth

liǎn
③ 臉　face

yuán
④ 圓　round

ěr　　　　ěr duo
⑤ 耳　ear　耳朵　ear

jiǎo
⑥ 腳　foot

kě
⑦ 可　be worth doing

kě ài
　可愛　cute

1 Look, read and match. Write the numbers.

①
牙

②
腿

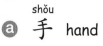
③
耳朵

④
腳

⑤
眼睛

⑥
肚子

⑦
手

⑧
手指

1	a) tā de yá bái bái de 他的牙白白的。		e) tā de tuǐ cháng cháng de 她的腿長長的。
	b) tā de ěr duo dà dà de 他的耳朵大大的。		f) tā de dù zi yuán yuán de 他的肚子圓圓的。
	c) tā de shǒu xiǎo xiǎo de 他的手小小的。		g) tā de jiǎo xiǎo xiǎo de 她的腳小小的。
	d) tā de shǒu zhǐ cháng cháng de 她的手指長長的。		h) tā de yǎn jing dà dà de 她的眼睛大大的。

2 Listen, clap and practise. 🎧23

wǒ de dì di yí suì le
我的弟弟一歲了，

yí gòng zhǎng le sì kē yá
一共長了四顆牙。

xiǎo liǎn yuán yuán   ěr duo dà
小臉圓圓、耳朵大，

xiǎo shǒu   xiǎo jiǎo zhēn kě ài
小手、小腳真可愛。

3 Listen to the recording. Tick what is correct and cross what is incorrect. 🎧24

4 Game.

INSTRUCTIONS:

1 The class is divided into small groups.

2 The cards prepared by the teacher have nothing but characters on them.

3 Each group is asked to write the correct pinyin with tones for each character.

5 Learn the characters.

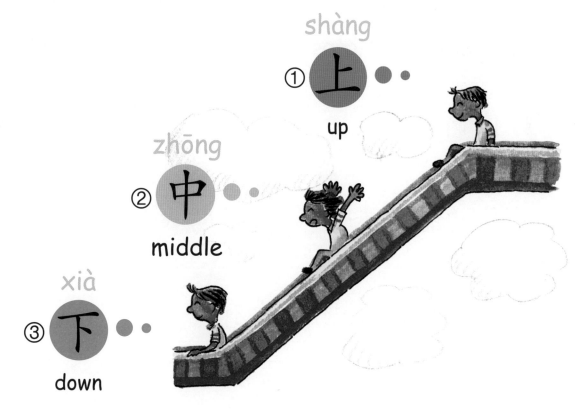

① 上 shàng up

② 中 zhōng middle

③ 下 xià down

6 Say the parts of the body in Chinese.

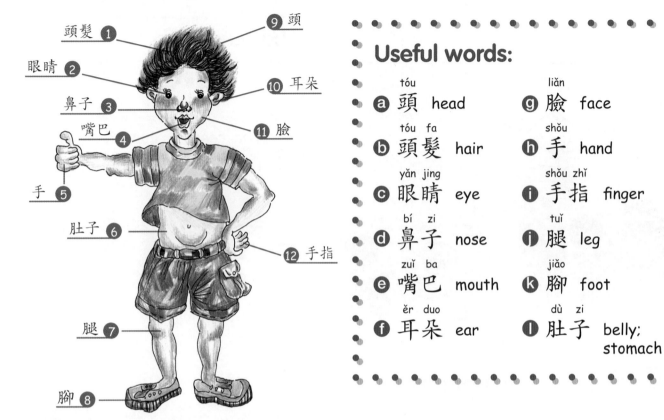

頭髮 ① 頭 ⑨

眼睛 ②

鼻子 ③

嘴巴 ④ 臉 ⑪

耳朵 ⑩

手 ⑤

肚子 ⑥

手指 ⑫

腿 ⑦

腳 ⑧

Useful words:

a	tóu 頭 head	**g**	liǎn 臉 face
b	tóu fa 頭髮 hair	**h**	shǒu 手 hand
c	yǎn jing 眼睛 eye	**i**	shǒu zhǐ 手指 finger
d	bí zi 鼻子 nose	**j**	tuǐ 腿 leg
e	zuǐ ba 嘴巴 mouth	**k**	jiǎo 腳 foot
f	ěr duo 耳朵 ear	**l**	dù zi 肚子 belly; stomach

7 Ask your classmates the questions.

1)
nǐ bà ba gāo ma　nǐ mā ma gāo ma　nǐ gāo ma
你爸爸高嗎? 你媽媽高嗎? 你高嗎?

2)
nǐ de liǎn yuán ma　nǐ de yǎn jing dà ma
你的臉圓嗎? 你的眼睛大嗎?

3)
nǐ de zuǐ ba dà ma　nǐ yǒu jǐ kē yá
你的嘴巴大嗎? 你有幾顆牙?

4)
nǐ de tóu fa cháng ma　shì shén me yán sè de
你的頭髮長嗎? 是什麼顏色的?

8 Game.

INSTRUCTIONS:

1 This game is just like "Simon says". The whole class may join the game.

2 When the teacher says a part of the body, every student points to the right part.

3 Those who point to the wrong part start the next turn.

9 Speaking practice.

tā pàng pàng
她 胖 胖
de   tā de tóu fa
的 。 她 的 頭 髮
cháng cháng de   tā
長 長 的 。 她
de liǎn yuán yuán de
的 臉 圓 圓 的 。
tā de bí zi gāo gāo
她 的 鼻 子 高 高
de   tā de zuǐ ba
的 。 她 的 嘴 巴
xiǎo xiǎo de
小 小 的 。

10 Game.

> **INSTRUCTIONS:**
>
> 1 The teacher prepares some cards with Chinese words on them.
>
> 2 Each student is given a card. The students take turns going up to the board to draw a picture of the word.
>
> 3 The rest of the class guesses what the picture is.

Words on the cards:

gǒu	lǎo hǔ	shī zi	dà xiàng
狗	老虎	獅子	大象

māo	tù zi	xióng māo	hóu zi
貓	兔子	熊貓	猴子

11 Count the numbers as fast as you can.

yī　 èr　sān　　　　　　　　　　　　　　　　　　　sì shí

一、二、三、··································四十

12 Say in Chinese.

EXAMPLE:

xióng māo de yǎn jing

熊貓的眼睛

tóu

① ··· 頭

bí zi

② ··· 鼻子

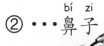

zuǐ ba　　yá

③ ··· 嘴巴、牙

tóu

④ ··· 頭

yǎn jing

⑤ ··· 眼睛

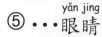

ěr duo

⑥ ··· 耳朵

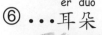

44

13 Game.

EXAMPLE:

tā shì nǚ shēng　　tā de yǎn jing dà dà de　　bí zi gāo gāo
她是女生。她的眼睛大大的，鼻子高高

de　　zuǐ ba xiǎo xiǎo de　　tā de tóu fa bù cháng
的，嘴巴小小的。她的頭髮不長。

14 Speaking practice.

EXAMPLE:

zhè shì wǒ bà ba hé wǒ
這是我爸爸和我

mā ma　　wǒ bà ba hěn gāo　　bú
媽媽。我爸爸很高，不

pàng　　tā de yǎn jing dà dà de
胖。他的眼睛大大的。

· · · · · ·

IT IS YOUR TURN!

Bring a photo or a drawing of your parents with you and introduce them to the class.

dì qī kè
第七課
wǒ shàng èr nián jí
我上二年級

🎧25

wǒ zài guāng míng xiǎo xué shàng xué　　　wǒ shàng èr nián
我在光明小學上學。我上二年
jí　　zài xué xiào　　wǒ xué yīng yǔ　　hàn yǔ　　shù xué
級。在學校，我學英語、漢語、數學、
kē xué děng děng
科學等等。

New words: 🎧26

① guāng míng
光明　a school name

② xiǎo xué
小學　primary school

③ shàng
上　begin work or study at a fixed time

shàng xué
上學　attend school; go to school

④ jí
級　grade　　nián jí
年級　grade

⑤ yǔ
語　language

yīng yǔ
英語　English (language)

⑥ hàn yǔ
漢語　Chinese (language)

⑦ shù
數　number　　shù xué
數學　maths

⑧ kē
科　subject of study　　kē xué
科學　science

1 Say in Chinese.

EXAMPLE: yīng yǔ 英語

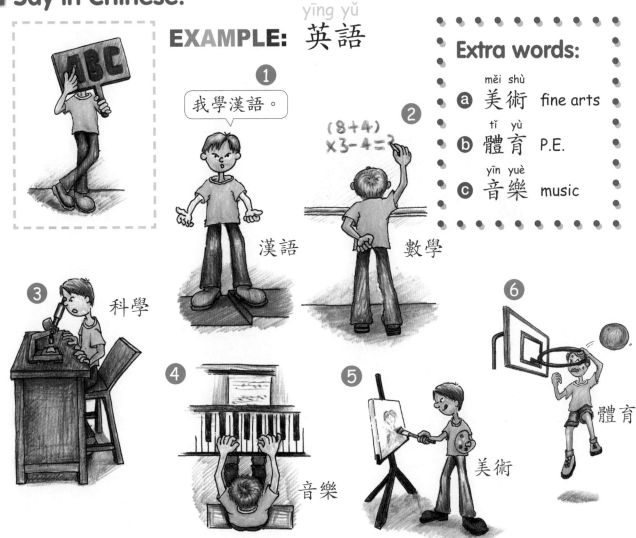

我學漢語。

漢語

數學

科學

音樂

美術

體育

Extra words:

ⓐ měi shù 美術 fine arts

ⓑ tǐ yù 體育 P.E.

ⓒ yīn yuè 音樂 music

2 Listen, clap and practise. 27

nǐ zài xué xiào xué shén me
你在學校學什麼？

wǒ xué shù xué hé yīng yǔ
我學數學和英語，

xué hàn yǔ　　xué kē xué
學漢語，學科學，

tiān tiān shàng xué zhēn kuài lè
天天上學真快樂！

3 Learn the characters.

① dà 大 big

② xiǎo 小 small

4 Listen to the recording. Tick what is correct and cross what is incorrect. 28

5 Learn the radical.

文(攵) writing

6 Say the missing numbers as fast as you can.

1) 一、四、 □ 、十
　 yī　*sì*　　　*shí*

2) 二、六、 □ 、 □
　 èr　*liù*

3) 九、十二、 □ 、 □
　 jiǔ　*shí èr*

7 Speaking practice.

EXAMPLE:

他七歲，上二年級。
tā qī suì　shàng èr nián jí

七歲
二年級

①

六歲
一年級

②

八歲
三年級

③

十三歲
八年級

8 Ask your classmates the questions.

Questions	xué shēng 學生 1	xué shēng 學生 2
nǐ xǐ huan xué yīng yǔ ma 1) 你喜歡學英語嗎 ?		
nǐ xǐ huan xué hàn yǔ ma 2) 你喜歡學漢語嗎 ?		
nǐ xǐ huan xué shù xué ma 3) 你喜歡學數學嗎 ?		
nǐ xǐ huan xué kē xué ma 4) 你喜歡學科學嗎 ?		

9 Game.

INSTRUCTIONS:

1 The whole class may join the game.

2 The teacher names one item in Chinese, and the students add more words of the same category.

3 Those who add wrong items must answer in the next turn.

10 **Ask your classmates the questions.**

1) nǐ jǐ suì shàng jǐ nián jí
你幾歲？上幾年級？

2) nǐ de shēng rì shì jǐ yuè jǐ hào nǐ shǔ shén me
你的 生日是幾月幾號？你屬什麼？

3) nǐ jiā de diàn huà hào mǎ shì duōshao
你家的 电話號碼是多少？

4) nǐ xǐ huan nǐ de xiào fú ma
你喜歡你的校服嗎？

5) nǐ xǐ huan shén me dòng wù
你喜歡什麼動物？

11 **Speaking practice.**

EXAMPLE:

tā chuān chèn shān
她穿 襯衫
hé qún zi   tā de yǎn
和裙子。她的眼
jing xiǎo xiǎo de   zuǐ ba
睛小小的，嘴巴
yě xiǎo xiǎo de
也小小的。

wǒ shì xiǎo xué shēng，jīn nián shàng
我是小學生，今年上

èr nián jí。wǒ zài sān bān。wǒ men bān
二年級。我在三班。我們班

yǒu èr shí sì ge xué shēng：shí sì ge
有二十四個學生：十四個

nán shēng，shí ge nǚ shēng。wǒ de tóng xué yǒu de shì zhōng
男生，十個女生。我的同學有的是中

guó rén，yǒu de shì měi guó rén，yǒu de shì yīng guó rén，
國人，有的是美國人，有的是英國人，

hái yǒu de shì rì běn rén。
還有的是日本人。

New words: 30

① xué shēng
學生 student

xiǎo xué shēng
小學生 primary school student

② jīn nián
今年 this year

③ bān
班 class

④ tóng
同 same tóng xué
同學 schoolmate

⑤ yǒu de
有的 some

⑥ guó
國 country zhōng guó
中國 China

zhōng guó rén
中國人 Chinese (people)

⑦ měi guó
美國 United States of America

měi guó rén
美國人 American (people)

⑧ yīng guó
英國 Britain

yīng guó rén
英國人 British

⑨ rì běn
日本 Japan

rì běn rén
日本人 Japanese (people)

1 Say in Chinese.

EXAMPLE:

zhōng guó
中國

①  ②  ③

2 Learn the radicals.

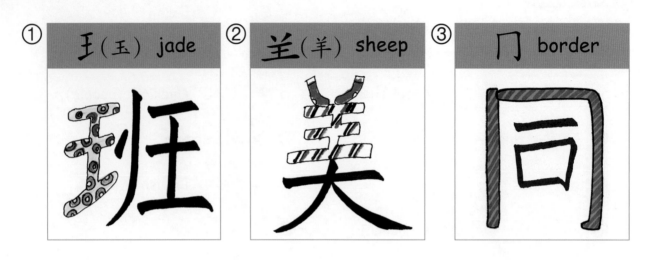

① 王(玉) jade   ② 羊(羊) sheep   ③ 冂 border

3 Say the missing numbers as fast as you can.

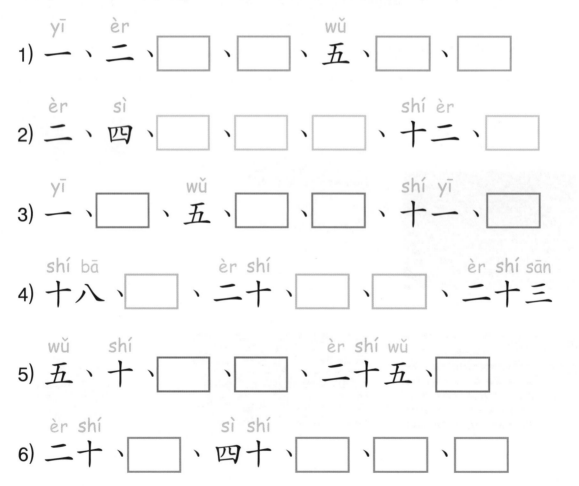

1) 一、二、☐、☐、五、☐、☐
    yī   èr   wǔ

2) 二、四、☐、☐、☐、十二、☐
    èr   sì   shí èr

3) 一、☐、五、☐、☐、十一、☐
    yī   wǔ   shí yī

4) 十八、☐、二十、☐、☐、二十三
    shí bā   èr shí   èr shí sān

5) 五、十、☐、☐、二十五、☐
    wǔ   shí   èr shí wǔ

6) 二十、☐、四十、☐、☐、☐
    èr shí   sì shí

54

4 Say in Chinese.

EXAMPLE: 中國人
zhōng guó rén

Extra words:

ⓐ 韓國人 Korean (people)
hán guó rén

ⓑ 法國人 French (people)
fǎ guó rén

ⓒ 澳大利亞人 Australian (people)
ào dà lì yà rén

③
日本人

①
美國人

② 英國人

⑥ 澳大利亞人

④ 法國人

⑤
韓國人

55

5 Listen, clap and practise. 🎧31

wǒ shì yí ge xiǎo xué shēng
我是一個小學生。

wǒ zài xué xiào xué zhōng wén
我在學校學中文。

wǒ men bān li yǒu nán shēng　yǒu nǚ shēng
我們班裏有男生，有女生，

yǒu zhōng guó rén　měi guó rén
有中國人、美國人、

rì běn rén hé yīng guó rén
日本人和英國人。

6 Listen to the recording. Tick what is correct and cross what is incorrect. 🎧32

① 我是日本人。 ✓

② 我是英國人。

③ 中山小學

④

⑤ 我是中國人。

⑥ 我是小學生。

7 Learn the characters.

① duō
多
many; much

② shǎo
少
few; little

8 Speaking practice.

小學生
二年級

EXAMPLE:

tā shì xiǎo xué shēng
他是小學生。

tā shàng èr nián jí
他上二年級。

① 小學生
三年級

② 小學生
五年級

③ 中學生
七年級

9 Ask your classmates the questions.

Questions	xué shēng 學生1	xué shēng 學生2
1) nǐ jīn nián jǐ suì 你今年幾歲?		
2) nǐ shàng jǐ nián jí 你上幾年級?		
3) nǐ zài xué xiào xué shén me 你在學校學什麼?		

10 Read aloud the sentences. Then say the meaning of each sentence.

1) wǒ jiā / zhù zài / huā yuán lù
我家／住在／花園路。

2) wǒ / chū shēng nà tiān / shì / xīng qī liù
我／出生那天／是／星期六。

3) wǒ / cháng cháng / qù / dòng wù yuán
我／常常／去／動物園。

4) xiǎo dì di / yǒu / sān kē yá
小弟弟／有／三顆牙。

5) wǒ / jīn nián / shàng / sān nián jí
我／今年／上／三年級。

6) wǒ de tóng xué / dōu shì / měi guó rén
我的同學／都是／美國人。

11 Game.

EXAMPLE:

wǒ shì　xué shēng
我是　學生

INSTRUCTIONS:

1 The teacher prepares some cards with Chinese words on them.

2 Each student gets a card and has to walk around to find other students with matching words to make a sentence.

12 Speaking practice.

EXAMPLE:

wǒ jiào tián xiǎo guāng　wǒ jīn nián
我叫田小光。我今年

qī suì　wǒ shì xiǎo xué shēng　jīn nián
七歲。我是小學生，今年

shàng sān nián jí　wǒ shì zhōng guó rén
上三年級。我是中國人。

wǒ zài měi guó chū shēng　wǒ de shēng rì
我在美國出生。我的生日

shì sì yuè shí hào　wǒ shǔ zhū
是四月十號。我屬豬。

IT IS YOUR TURN!　Introduce yourself.

第九課

wǒ huì shuō hàn yǔ
我會説漢語

🎧 33

wǒ jiào jīn xiǎo běi　　wǒ bà ba shì zhōng guó rén　　mā
我叫金小北。我爸爸是中國人，媽

ma shì hán guó rén　　wǒ huì shuō hàn yǔ hé hán yǔ　　wǒ men
媽是韓國人。我會説漢語和韓語。我們

yì jiā rén xiàn zài zhù zài fǎ guó
一家人現在住在法國。

wǒ bà ba　　mā ma dōu xiǎng xué
我爸爸、媽媽都想學

fǎ yǔ　　wǒ yě xiǎng xué fǎ yǔ
法語，我也想學法語。

nǐ shì nǎ guó rén
你是哪國人？

nǐ huì shuō shén me yǔ yán
你會説什麼語言？

60

New words: 🎧 34

① 金 jīn a surname

② 小北 xiǎo běi a given name

③ 韓國 hán guó Republic of Korea

韓國人 hán guó rén Korean (people)

韓語 hán yǔ Korean (language)

④ 會 huì can

⑤ 說 shuō speak

⑥ 現 xiàn present 現在 xiàn zài now

⑦ 法國 fǎ guó France

法語 fǎ yǔ French (language)

⑧ 想 xiǎng want; would like

⑨ 哪國人 nǎ guó rén what nationality

⑩ 言 yán speech 語言 yǔ yán language

1 Speaking practice.

zhōng guó rén　hàn yǔ
中國人/漢語

EXAMPLE:

tā shì zhōng guó rén
他是中國人。

tā shuō hàn yǔ
他説漢語。

①

hán guó rén　hán yǔ
韓國人/韓語

②

měi guó rén　yīng yǔ
美國人/英語

③

yīng guó rén　yīng yǔ
英國人/英語

④

fǎ guó rén　fǎ yǔ
法國人/法語

⑤

rì běn rén　rì yǔ
日本人/日語

2 Learn the characters.

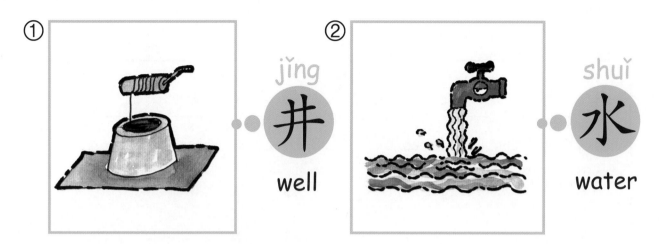

① jǐng
井
well

② shuǐ
水
water

3 Ask your partner the questions.

Questions	xué shēng 學 生
nǐ yé ye huì shuō shén me yǔ yán 1) 你爺爺會説什麼語言?	
nǐ nǎi nai huì shuō shén me yǔ yán 2) 你奶奶會説什麼語言?	
nǐ bà ba huì shuō shén me yǔ yán 3) 你爸爸會説什麼語言?	
nǐ mā ma huì shuō shén me yǔ yán 4) 你媽媽會説什麼語言?	
nǐ huì shuō shén me yǔ yán 5) 你會説什麼語言?	
nǐ xiǎng xué shén me yǔ yán 6) 你想學什麼語言?	

4 Listen, clap and practise. 🎧35

<ruby>你<rt>nǐ</rt>爸<rt>bà</rt>爸<rt>ba</rt>是<rt>shì</rt>哪<rt>nǎ</rt> 國<rt>guó</rt>人<rt>rén</rt></ruby>？

<ruby>他<rt>tā</rt>是<rt>shì</rt>哪<rt>nǎ</rt>國<rt>guó</rt>人<rt>rén</rt></ruby>？

<ruby>我<rt>wǒ</rt>爸<rt>bà</rt>爸<rt>ba</rt>是<rt>shì</rt>中<rt>zhōng</rt>國<rt>guó</rt>人<rt>rén</rt></ruby>，

<ruby>他<rt>tā</rt>是<rt>shì</rt>中<rt>zhōng</rt>國<rt>guó</rt>人<rt>rén</rt></ruby>。

5 Say in Chinese.

EXAMPLE:

zhōng guó
中國

①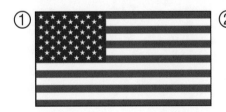

②

③

④

⑤

⑥

6 Speaking practice.

EXAMPLE:

tā shì wǒ de hǎo péng you　　jiào gāo xiǎo hóng
她是我的好朋友，叫高小紅。

tā shì xiǎo xué shēng　　jīn nián shàng èr nián jí　　tā
她是小學生，今年上二年級。她

bà ba shì zhōng guó rén　　mā ma shì fǎ guó rén
爸爸是中國人，媽媽是法國人。

tā huì shuō hàn yǔ　　fǎ yǔ hé yīng yǔ
她會説漢語、法語和英語。

IT IS YOUR TURN!　Introduce your best friend.

7 Listen to the recording. Tick what is correct and cross what is incorrect. 🎧36

① ✓

②

③

④

⑤

⑥

64

8 Speaking practice.

tā xiǎng xué rì yǔ
EXAMPLE: 她想學日語。

9 Say the numbers as fast as you can according to the patterns.

　　　yī　　sān　　wǔ　　　　　　　　　　　　　　　　　　èr shí wǔ
1) 一、三、五、……………………………二十五

　　　èr　　sì　　liù　　　　　　　　　　　　　　　　　　sì shí
2) 二、四、六、……………………………四十

dì shí kè
第十課
wǒ de xué xiào
我的學校

🎧 37

zhè shì wǒ de xué xiào　　wǒ
這是我的學校。我

men xué xiào yǒu cāo chǎng　　lǐ táng
們學校有操場、禮堂、

tǐ yù guǎn　　diàn nǎo shì　　tú shū guǎn
體育館、電腦室、圖書館

děng děng　　wǒ de jiào
等等。我的教

shì zài èr lóu　　èr
室在二樓，二

líng sān shì
〇三室。

New words: 🎧38

1 操 cāo exercise

2 場 chǎng an open place

操場 cāo chǎng sports ground

3 禮 lǐ ceremony

4 堂 táng hall

禮堂 lǐ táng assembly hall

5 體 tǐ body

6 育 yù educate 體育 tǐ yù P.E.

7 館 guǎn a place for cultural activities

體育館 tǐ yù guǎn gymnasium

8 電腦室 diàn nǎo shì computer room

9 圖 tú picture 圖書 tú shū book

圖書館 tú shū guǎn library

10 教 jiào teach 教室 jiào shì classroom

11 樓 lóu floor

---

1 Listen, clap and practise. 🎧39

我的學校可真大！
wǒ de xué xiào kě zhēn dà

有教室，有禮堂，
yǒu jiào shì yǒu lǐ táng

圖書館和體育館，
tú shū guǎn hé tǐ yù guǎn

還有一個大操場。
hái yǒu yí ge dà cāo chǎng

68

EXAMPLE:

zhè shì wǒ de xué xiào
這是我的學校。

wǒ de xué xiào yǒu
我的學校有……

Extra words:

měi shù shì
ⓐ 美術室 art room

yīn yuè shì
ⓑ 音樂室 music room

yóu yǒng chí
ⓒ 游泳池 swimming pool

xiǎo mài bù
ⓓ 小賣部 tuck shop

tíng chē chǎng
ⓔ 停車場 car park

3 Learn the radicals.

① 又 again

② 食(食) food

4 Listen to the recording. Tick what is correct and cross what is incorrect. 🎧40

① ✓

②

③

④

⑤

⑥

5 Speaking practice.

EXAMPLE:

zhè shì wǒ de xuéxiào　　wǒ men xué xiào yǒu lǐ táng
這是我的學校。我們學校有禮堂……

wǒ de jiào shì zài yī lóu　　yī líng sān shì
我的教室在一樓，一〇三室。

wǒ xǐ huan wǒ de xué xiào
我喜歡我的學校。

IT IS YOUR TURN!

Draw a picture of your school and describe it to the class.

6 Learn the characters.

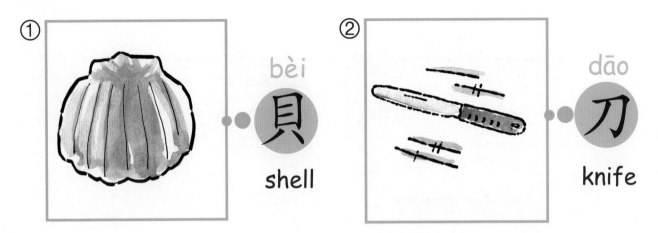

① bèi
貝
shell

② dāo
刀
knife

7 Game.

EXAMPLE: water → 水

INSTRUCTIONS:

1 The class is divided into small groups.

2 The teacher says a word in English and each group writes Chinese characters. The group that writes more correct characters than any other group wins the game.

8 Say the numbers as fast as you can according to the patterns.

1) 十、九、八、……………………………一
   shí jiǔ bā   yī

2) 三十、二十九、二十八、…………十
  sān shí èr shí jiǔ èr shí bā   shí

9 Speaking practice.

EXAMPLE:

zhè shì wǒ de jiā   yī lóu yǒu kè tīng hé chú fáng   èr lóu
這是我的家。一樓有客廳和廚房。二樓

yǒu liǎng jiān wò shì   yì jiān shūfáng hé yì jiān yù shì
有兩間卧室、一間書房和一間浴室。

zhè shì wǒ de fáng jiān   wǒ de fáng jiān li yǒu
這是我的房間。我的房間裏有……

IT IS YOUR TURN!

Draw a picture of your house and describe it to the class.

第十一課 dì shí yī kè

請進 qǐng jìn

New words: 🎧42

① 請 qǐng please

② 進 jìn enter

③ 坐 zuò sit　坐下 zuò xia sit down

④ 別 bié don't

⑤ 説話 shuō huà speak; talk

⑥ 舉 jǔ raise　舉手 jǔ shǒu raise one's hand(s)

⑦ 站 zhàn stand; get up

⑧ 起來 qi lai an upward movement

⑨ 跟 gēn follow

⑩ 讀 dú read

1 Listen, clap and practise. 🎧43

qǐng jìn lai qǐng zuò xia
請進來，請坐下，

dà jiā ān jìng bié shuō huà
大家安静別説話。

gēn wǒ dú gēn wǒ dú
跟我讀，跟我讀，

wǒ men dà jiā yì qǐ dú
我們大家一起讀。

2 Learn the radicals.

① 刂(刀) long knife

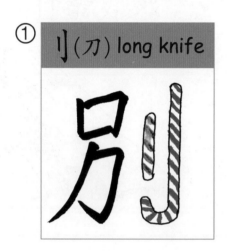

② 立 stand

3 Say the numbers as fast as you can according to the patterns.

èr shí shí jiǔ shí bā yī
1) 二十、十九、十八、⋯⋯⋯⋯⋯⋯⋯一

wǔ shí sì shí jiǔ sì shí bā sān shí liù
2) 五十、四十九、四十八、⋯⋯⋯三十六

jiǔ shí jiǔ jiǔ shí bā jiǔ shí qī qī shí
3) 九十九、九十八、九十七、⋯⋯⋯七十

4 Speaking practice.

EXAMPLE:

請進！

Extra words:

ⓐ kāi mén 開門 open the door

ⓑ guān mén 關門 close the door

ⓒ kāi chuāng 開窗 open the window

ⓓ guān chuāng 關窗 close the window

ⓔ kāi dēng 開燈 turn on the light

ⓕ guān dēng 關燈 turn off the light

①
請坐下！

②
別說話！

③
站起來！

④
跟我讀！

⑤
請舉手！

⑥
開門

⑦
關門

⑧
開窗

⑨
關窗

⑩
開燈

⑪
關燈

5 Learn the characters.

① gōng 工 work

② tǔ 土 soil

6 Listen to the recording. Tick what is correct and cross what is incorrect. 🎧44

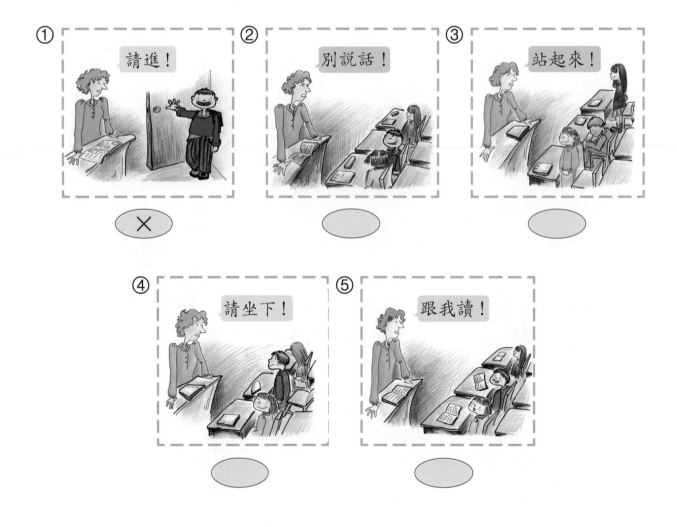

① 請進！ ✕

② 別説話！

③ 站起來！

④ 請坐下！

⑤ 跟我讀！

7 **Read aloud the sentences. Then say the meaning of each sentence.**

1) <ruby>哥哥<rt>gē ge</rt></ruby> / <ruby>會說<rt>huì shuō</rt></ruby> / <ruby>漢語<rt>hàn yǔ</rt></ruby> / <ruby>和<rt>hé</rt></ruby> / <ruby>英語<rt>yīng yǔ</rt></ruby>。

2) <ruby>我<rt>wǒ</rt></ruby> / <ruby>有<rt>yǒu</rt></ruby> / <ruby>三個<rt>sān ge</rt></ruby> / <ruby>美國同學<rt>měi guó tóng xué</rt></ruby>。

3) <ruby>妹妹<rt>mèi mei</rt></ruby> / <ruby>不喜歡<rt>bù xǐ huan</rt></ruby> / <ruby>學<rt>xué</rt></ruby> / <ruby>數學<rt>shù xué</rt></ruby>。

4) <ruby>弟弟的臉<rt>dì di de liǎn</rt></ruby> / <ruby>圓圓的<rt>yuán yuán de</rt></ruby>。

5) <ruby>今天<rt>jīn tiān</rt></ruby> / <ruby>三月六號<rt>sān yuè liù hào</rt></ruby>， / <ruby>星期天<rt>xīng qī tiān</rt></ruby>。

8 **Game.**

INSTRUCTIONS:

1 The whole class may join the game.

2 When the teacher says a command, the students follow the command.

3 Those who do not follow the command are out of the game.

dì shí èr kè
第十二課
xiàn zài jǐ diǎn
現在幾點

xiàn zài jǐ diǎn
現在幾點？

xiàn zài qī diǎn
現在七點。

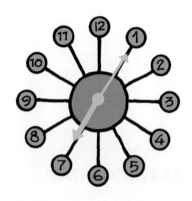

xiàn zài qī diǎn líng wǔ fēn
現在七點零五分。

xiàn zài qī diǎn shí fēn
現在七點十分。

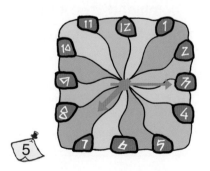

xiàn zài qī diǎn yí kè
現在七點一刻。

xiàn zài qī diǎn bàn
現在七點半。

xiàn zài qī diǎn sān kè

現在七點三刻。

New words: 46

diǎn
❶ 點 o'clock

líng
❷ 零 zero

fēn
❸ 分 minute

kè
❹ 刻 quarter (of an hour)

bàn
❺ 半 half

1 Match the clock with the time. Write the numbers.

①

②

③

④

⑤

⑥

wǔ diǎn
2 a) 五點

shí yī diǎn
b) 十一點

sān diǎn
c) 三點

liù diǎn
d) 六點

jiǔ diǎn
e) 九點

shí diǎn
f) 十點

2 Say in Chinese.

EXAMPLE:

qiān bǐ

鉛筆

Extra words:

zhōng
ⓐ 鐘　clock

nào zhōng
ⓑ 鬧鐘　alarm

shǒu biǎo
ⓒ 手錶　watch

1 電話

2 鬧鐘

3 尺子

4 書桌

5 書包

6 彩色筆

7 鐘

8 電腦

9 本子

10 手錶

11 橡皮

12 椅子

3 Learn the characters.

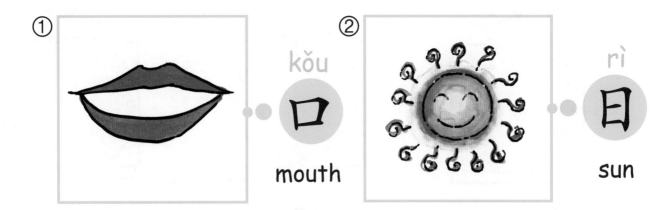

① kǒu 口 mouth

② rì 日 sun

4 Listen, clap and practise. 🎧 47

xiǎo nào zhōng   xiǎo nào zhōng
小鬧鐘，小鬧鐘，

dī   dī   dā   dā xiǎng bù tíng
滴滴答答響不停。

zǎo shang tā nào wǒ jiù qǐ
早上它鬧我就起，

wǎn shang wǒ shuì tā bù yǔ
晚上我睡它不語。

5 Say the numbers as fast as you can according to the patterns.

shí yī   shí sān   èr shí qī
1) 十一、十三、⋯⋯⋯⋯⋯⋯⋯⋯二十七

bā   shí   sān shí èr
2) 八、十、⋯⋯⋯⋯⋯⋯⋯⋯⋯⋯三十二

6 Look, read and match. Write the numbers.

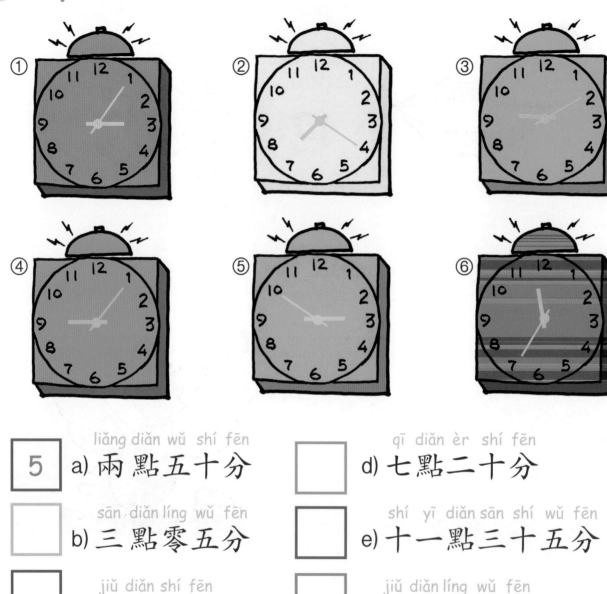

liǎng diǎn wǔ shí fēn
[5] a) 兩 點 五 十 分

qī diǎn èr shí fēn
[ ] d) 七 點 二 十 分

sān diǎn líng wǔ fēn
[ ] b) 三 點 零 五 分

shí yī diǎn sān shí wǔ fēn
[ ] e) 十 一 點 三 十 五 分

jiǔ diǎn shí fēn
[ ] c) 九 點 十 分

jiǔ diǎn líng wǔ fēn
[ ] f) 九 點 零 五 分

7 Say the time in Chinese.

qī diǎn
EXAMPLE: 7:00 → 七 點

1) 8:00   2) 11:00   3) 3:20   4) 5:10

84

8 Look, read and match. Write the numbers.

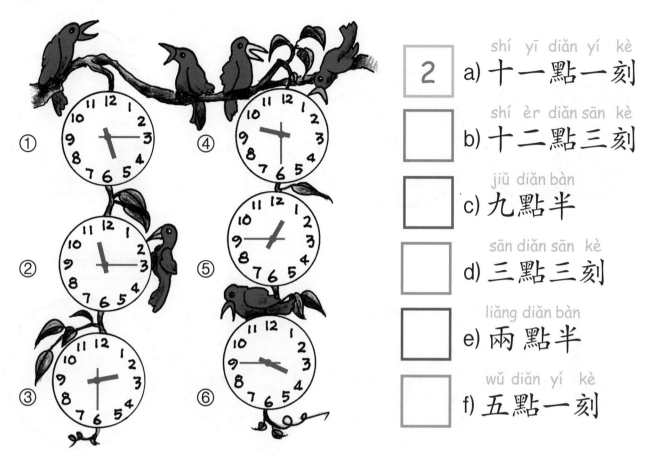

a) 十一點一刻   `2`
shí yī diǎn yí kè

b) 十二點三刻
shí èr diǎn sān kè

c) 九點半
jiǔ diǎn bàn

d) 三點三刻
sān diǎn sān kè

e) 兩點半
liǎng diǎn bàn

f) 五點一刻
wǔ diǎn yí kè

9 Game.

INSTRUCTIONS:

1   The whole class may join the game.

2   The teacher says a time and one student goes to the front to place the short and long hands onto the right positions on a clock.

EXAMPLE: 六點一刻
liù diǎn yí kè

10 Listen to the recording. Tick what is correct and cross what is incorrect. 🎧48

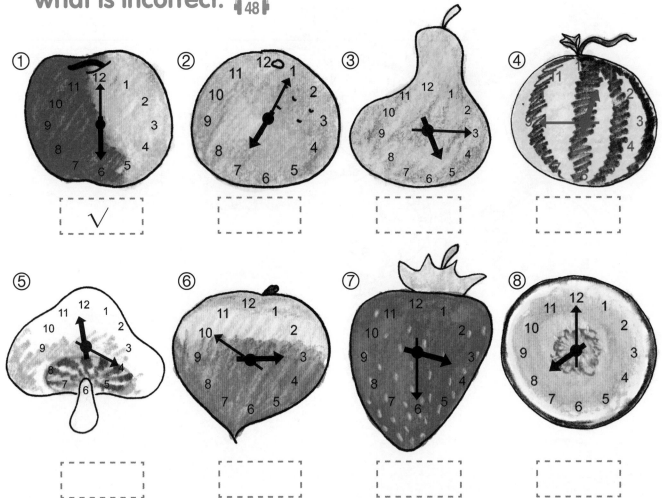

① ✓

②

③

④

⑤

⑥

⑦

⑧

11 Game.

现在

xiàn zài
now

INSTRUCTIONS:

1 The whole class may join the game.

2 The teacher shows a phrase on the card, and one of the students reads it and says its meaning.

3 Those who pronounce the word incorrectly or say the wrong meaning must read the next phrase.

12 Say the time in Chinese.

xiàn zài jǐ diǎn
現在幾點?

13 Ask your partner the questions.

xiàn zài jǐ diǎn   nǐ měi tiān jǐ diǎn shàng xué
1) 現在幾點? 你每天幾點上學?

jīn tiān jǐ yuè jǐ hào   jīn tiān xīng qī jǐ
2) 今天幾月幾號? 今天星期幾?

dì shí sān kè
第十三課

wǒ bā diǎn shàng xué
我八點上學

49

wǒ yì bān qī diǎn qǐ chuáng
1 我一般七點起牀。

wǒ qī diǎn yí kè chī zǎo fàn
2 我七點一刻吃早飯。

wǒ bā diǎn shàng xué
3 我八點上學。

wǒ shí èr diǎn bàn chī wǔ fàn
4 我十二點半吃午飯。

wǒ sān diǎn yí kè fàng xué huí jiā
⑤ 我三點一刻放學回家。

wǒ qī diǎn chī wǎn fàn
⑥ 我七點吃晚飯。

wǒ jiǔ diǎn xǐ zǎo
⑦ 我九點洗澡。

wǒ jiǔ diǎn bàn shuì jiào
⑧ 我九點半睡覺。

New words: 🎧50

yì bān
❶ 一般 usually

qǐ　　　　　　　qǐ chuáng
❷ 起 get up　起牀 get out of bed

fàn　　　　　　zǎo fàn
❸ 飯 meal　早飯 breakfast

wǔ　　　　　　wǔ fàn
❹ 午 noon　午飯 lunch

fàng　　　　　fàng xué
❺ 放 let out　放學 school is over

huí　　　　　　huí jiā
❻ 回 return　回家 go or come home

wǎn　　　　　　wǎn fàn
❼ 晚 evening　晚飯 dinner

xǐ
❽ 洗 wash

zǎo　　　　　　xǐ zǎo
❾ 澡 bath　洗澡 take a bath

shuì
❿ 睡 sleep

jiào　　　　　shuì jiào
⓫ 覺 sleep　睡覺 sleep

1 Make short conversations.

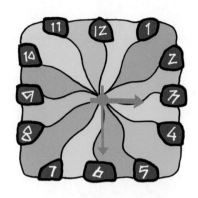

EXAMPLE:

xiàn zài jǐ diǎn
A: 現在幾點？

xiàn zài sān diǎn bàn
B: 現在三點半。

① 八點零五分

② 十點十分

③ 十二點一刻

④ 六點二十分

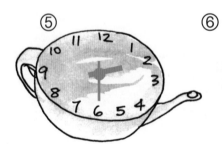

⑤ 一點半

⑥ 兩點三刻

⑦ 四點五十分

⑧ 七點五十五分

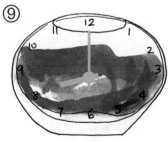

⑨ 八點

90

2 Say in Chinese.

EXAMPLE:

qǐ chuáng

起牀

Extra words:

ⓐ zuò zuò yè
做作業 do homework

ⓑ kàn shū
看書 read a book

ⓒ kàn diàn shì
看電視 watch TV

ⓓ wán diàn nǎo yóu xì
玩電腦遊戲
play computer games

① 吃早飯

② 吃午飯

③ 吃晚飯

④ 去上學

⑤ 放學

⑥ 看書

⑦ 看電視

⑧ 玩電腦遊戲

⑨ 做作業

⑩ 洗澡

3 Listen, clap and practise.  51

liù diǎn bàn　　kuài qǐ chuáng
六點半，快起牀，
chī le zǎo fàn qù shàng xué
吃了早飯去上學。
sì diǎn bàn　　fàng xué le
四點半，放學了，
bēi zhe shū bāo kuài huí jiā
揹着書包快回家。
qī diǎn bàn　　chī wǎn fàn
七點半，吃晚飯，
chī le wǎn fàn zuò zuò yè
吃了晚飯做作業。

4 Say the months and days in Chinese.

yī yuè　　èr yuè　　　　　　　　　　　　　　shí èr yuè
1) 一月、二月、‥‥‥‥‥‥‥‥‥‥‥十二月

xīng qī yī　　xīng qī èr　　　　　　　　　　xīng qī tiān
2) 星期一、星期二、‥‥‥‥‥‥‥星期天

5 Learn the radicals.

① 舟 boat

② 方 square
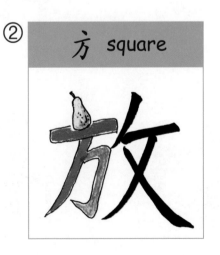

6 Speaking practice.

EXAMPLE:

tā qī diǎn qǐ chuáng
他七點起牀。

① 7:30

吃早飯

② 8:00

去上學

③ 1:30

吃午飯

④ 3:30

放學回家

⑤ 6:30

吃晚飯

⑥ 8:00

看電視

⑦ 8:30

玩電腦遊戲

⑧ 9:00

洗澡

⑨ 9:30

睡覺

7 Say the numbers as fast as you can according to the patterns.

èr   sì   liù   èr shí
1) 二、四、六、・・・・・・・・・・・・・・・・・・・・二十

yī   sān   wǔ   èr shí jiǔ
2) 一、三、五、・・・・・・・・・・・・・・・・・・・二十九

8 **Learn the characters.**

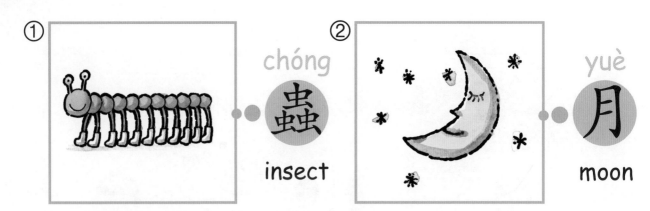

① chóng 蟲 insect

② yuè 月 moon

9 **Listen to the recording. Tick what is correct and cross what is incorrect.** 🎧 52

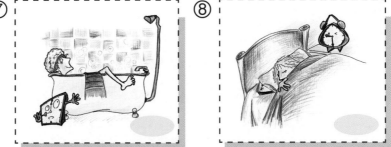

10 Ask your classmates the questions.

Questions	xué shēng 學生1	xué shēng 學生2
nǐ yì bān jǐ diǎn qǐ chuáng 1) 你一般幾點起牀?		
nǐ yì bān jǐ diǎn shàng xué 2) 你一般幾點上學?		
nǐ yì bān jǐ diǎn chī wǔ fàn 3) 你一般幾點吃午飯?		
nǐ men jǐ diǎn fàng xué 4) 你們幾點放學?		
nǐ men jiā yì bān jǐ diǎn chī wǎn fàn 5) 你們家一般幾點吃晚飯?		
nǐ yì bān jǐ diǎn shuì jiào 6) 你一般幾點睡覺?		

11 Ask your classmates the questions.

nǐ de shēng rì shì jǐ yuè jǐ hào   nǐ shǔ shén me
1) 你的生日是幾月幾號? 你屬什麼?

nǐ shì nǎ guó rén   nǐ huì shuō shén me yǔ yán
2) 你是哪國人? 你會說什麼語言?

95

dì shí sì kè
第十四課
zǎo fàn chī miàn bāo
早飯吃麵包

53

wǒ zǎo fàn yì
我早飯一
bān chī miàn bāo
般吃麵包
hé jī dàn
和雞蛋，
hē niú nǎi
喝牛奶。

wǒ wǔ fàn yì bān chī sān
我午飯一般吃三
míng zhì huò chǎo fàn
明治或炒飯。

wǒ wǎn fàn yì bān chī mǐ fàn
我晚飯一般吃米飯
hé chǎo cài   hē tāng
和炒菜，喝湯。

New words: 🎧54

1. miàn 麺 wheat flour miàn bāo 麺包 bread
2. jī 雞 chicken
3. dàn 蛋 egg jī dàn 雞蛋 eggs
4. niú 牛 ox; cow
5. nǎi 奶 milk niú nǎi 牛奶 milk
6. sān míng zhì 三明治 sandwich
7. huò 或 either; or
8. chǎo 炒 stir-fry
9. fàn 飯 cooked rice chǎo fàn 炒飯 fried rice
10. cài 菜 dish chǎo cài 炒菜 stir-fried dish
11. mǐ 米 rice mǐ fàn 米飯 cooked rice
12. tāng 湯 soup

1 Say in Chinese.

白菜

bái cài
EXAMPLE: 白菜

①	②	③	④
 可樂	 果汁	 香蕉	 蘋果

⑤	⑥	⑦	⑧
 糖果	 胡蘿蔔	 蘋果汁	 黃瓜

2 Learn the radicals.

① 鳥 bird

② 火 fire

3 Speaking practice.

7:00

EXAMPLE:

tā yì bān qī diǎn qǐ chuáng
她一般七點起牀。

①

7:15

吃早飯

②

8:00

去上學

③

12:30

吃午飯

④

3:15

回家

⑤

9:00

洗澡

⑥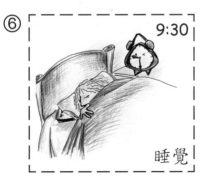

9:30

睡覺

14

4 Listen, clap and practise. 🎧55

niú nǎi　miàn bāo　sān míng zhì
牛奶、麵包、三明治，
wǒ zuì ài chī sān míng zhì
我最愛吃三明治。
chǎo fàn　chǎo cài　jī dàn tāng
炒飯、炒菜、雞蛋湯，
wǒ bú ài hē jī dàn tāng
我不愛喝雞蛋湯。

5 Listen to the recording. Tick what is correct and cross what is incorrect. 🎧56

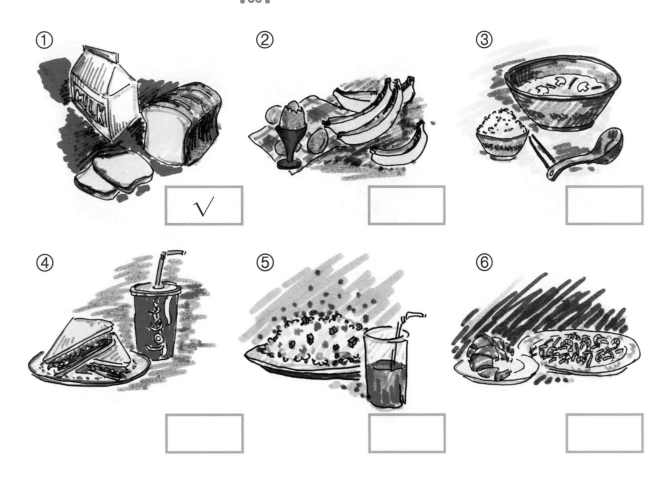

① ✓

②

③

④

⑤

⑥

6 Speaking practice.

EXAMPLE:

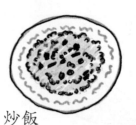

炒飯

wǒ xǐ huan chī chǎo fàn
我喜歡吃炒飯。

wǒ bù xǐ huan chī chǎo fàn
我不喜歡吃炒飯。

Extra words:

miàn tiáo
ⓐ 麵條 noodles

niú pái
ⓑ 牛排 beef steak

yáng ròu
ⓒ 羊肉 lamb

zhū ròu
ⓓ 豬肉 pork

yì dà lì miàn
ⓔ 意大利麵
spaghetti

xiāng cháng
ⓕ 香腸 sausage

bǐ sà bǐng
ⓖ 比薩餅 pizza

①  麵包

②  牛奶

③  雞蛋

④  雞肉

⑤  三明治

⑥  米飯

⑦  麵條

⑧  羊肉

⑨  牛排

⑩  豬肉

⑪  意大利麵

⑫ 香腸

⑬  比薩餅

7 Say the numbers as fast as you can according to the patterns.

wǔ   shí   shí wǔ   wǔ shí
1) 五、 十、 十五、 ·························· 五十

shí   èr shí   sān shí   yì bǎi
2) 十、 二十、 三十、 ·························· 一百

100

8 Game.

牛奶

INSTRUCTIONS:

The teacher whispers a word to one student. The word is whispered along to the last student who repeats out loud what he/she heard.

9 Learn the characters.

①

mù

木

wood

②

tián

田

field

10 Ask your classmates the questions.

nǐ zǎo fàn yì bān chī shén me
1) 你早飯一般吃什麼？

nǐ wǔ fàn yì bān chī shén me
2) 你午飯一般吃什麼？

nǐ wǎn fàn yì bān chī shén me
3) 你晚飯一般吃什麼？

nǐ xǐ huan chī shén me
4) 你喜歡吃什麼？

nǐ xǐ huan hē shén me
5) 你喜歡喝什麼？

11 Ask your classmates the questions.

Questions	xué shēng 學生 1	xué shēng 學生 2
nǐ xǐ huan chī jī dàn ma 1) 你喜歡吃雞蛋嗎？		
nǐ xǐ huan chī miàn bāo ma 2) 你喜歡吃麵包嗎？		
nǐ xǐ huan chī mǐ fàn ma 3) 你喜歡吃米飯嗎？		
nǐ xǐ huan chī sān míng zhì ma 4) 你喜歡吃三明治嗎？		
nǐ xǐ huan hē jī tāng ma 5) 你喜歡喝雞湯嗎？		
nǐ xǐ huan hē niú nǎi ma 6) 你喜歡喝牛奶嗎？		

12 Read aloud the pinyin and say the meaning of each word.

1) miàn bāo	2) chǎo fàn	3) jī tāng
4) guǒ zhī	5) niú nǎi	6) huáng guā
7) xiāng jiāo	8) mǐ fàn	9) píng guǒ

13 Speaking practice.

EXAMPLE:

wǒ qī diǎn bàn qǐ chuáng wǒ zǎo fàn yì
我 七 點 半 起 牀。我 早 飯 一

bān chī miàn tiáo wǒ bā diǎn shàng xué wǒ
般 吃 麵 條。我 八 點 上 學。我

shí èr diǎn chī wǔ fàn wǒ men xué xiào sān diǎn
十 二 點 吃 午 飯。我 們 學 校 三 點

fàng xué wǒ men jiā wǔ diǎn bàn chī wǎn fàn
放 學。我 們 家 五 點 半 吃 晚 飯。

wǒ jiǔ diǎn shuì jiào
我 九 點 睡 覺。

IT IS YOUR TURN!   Introduce your daily routine.

14 Read aloud the sentences. Then say the meaning of each sentence.

wǒ wǔ fàn chī sān míng zhì hē kě lè
1) 我／午飯／吃／三明治，／喝／可樂。

wǒ yì bān shí èr diǎn bàn chī wǔ fàn
2) 我／一般／十二點半／吃午飯。

wǒ men xué xiào de tú shū guǎn hěn dà
3) 我們／學校的／圖書館／很大。

wǒ men de jiào shì zài wǔ lóu wǔ líng èr shì
4) 我們的／教室／在／五樓，／五○二室。

dì shí wǔ kè
第十五課

wǒ qí chē shàng xué
我騎車上學

wǒ bà ba měi tiān dōu zuò chuán shàng bān
我爸爸每天都坐船上班。

wǒ mā ma měi tiān dōu zuò
我媽媽每天都坐
dì tiě shàng bān
地鐵上班。

wǒ měi tiān dōu qí zì xíng chē shàng xué
我每天都騎自行車上學。

wǒ dì di ne tā měi tiān dōu
我弟弟呢？他每天都
zuò xiào chē shàng xué
坐校車上學。

nǐ bà ba měi tiān zěn me shàng bān
你爸爸每天怎麼上班?

nǐ mā ma měi tiān zěn me shàng bān
你媽媽每天怎麼上班?

nǐ měi tiān zěn me shàng xué
你每天怎麼上學?

New words: 58

1 zuò 坐 travel by (bus, train, plane, etc.)

2 chuán 船 boat

3 shàng bān 上班 go to work

4 dì 地 land; ground

5 tiě 鐵 iron　dì tiě 地鐵 subway

6 qí 騎 ride

7 zì 自 self; oneself

8 xíng 行 go

9 chē 車 vehicle
zì xíng chē 自行車 bicycle

10 ne 呢 a particle

11 xiào chē 校車 school bus

12 zěn me 怎麼 how

1 Ask your partner the questions.

nǐ yì bān jǐ diǎn qǐ chuáng
1) 你一般幾點起牀?

nǐ jīn tiān chuān shén me yī fu
2) 你今天穿什麼衣服?

2 Say in Chinese.

EXAMPLE:

xiào chē

校車

① 船

② 走路

③ 火車

④ 電車

⑥ 出租車

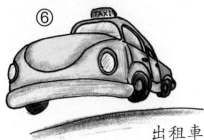

⑤ 地鐵

⑦ 自行車

⑧ 公共汽車

⑨ 開車

⑩ 飛機

106

15

3 **Ask your classmates the questions.**

1) 你怎麼去學校？
nǐ zěn me qù xué xiào

2) 你怎麼去動物園？
nǐ zěn me qù dòng wù yuán

3) 你怎麼去圖書館？
nǐ zěn me qù tú shū guǎn

4) 你怎麼去你爺爺家？
nǐ zěn me qù nǐ yé ye jiā

5) 你怎麼去中國？
nǐ zěn me qù zhōng guó

6) 你怎麼去美國？
nǐ zěn me qù měi guó

4 **Say the numbers as fast as you can.**

1) 十、十一、十二、……………………三十
shí　　shí yī　　shí èr　　　　　　　　　sān shí

2) 五十、五十一、五十二、……………七十
wǔ shí　　wǔ shí yī　　wǔ shí èr　　　　qī shí

3) 九十九、九十八、九十七、…………八十
jiǔ shí jiǔ　　jiǔ shí bā　　jiǔ shí qī　　bā shí

4) 六十、五十九、五十八、……………四十
liù shí　　wǔ shí jiǔ　　wǔ shí bā　　sì shí

5 Learn the radical.

馬 horse

6 Ask your classmates the questions.

EXAMPLE:

nǐ zuò xiào chē shàng xué ma
A: 你坐校車上學嗎？

wǒ zuò xiào chē shàng xué
B: 我坐校車上學。

	Tally
zuò xiào chē 1) 坐校車	正
qí zì xíng chē 2) 騎自行車	
zuò dì tiě 3) 坐地鐵	

7 Listen, clap and practise. 🎧59

bà ba mā ma qù shàng bān
爸爸、媽媽去上班。

mā ma zuò dì tiě bà ba qù zuò chuán
媽媽坐地鐵，爸爸去坐船。

wǒ hé dì di qù shàng xué
我和弟弟去上學。

wǒ qí zì xíng chē dì di zuò xiào chē
我騎自行車，弟弟坐校車。

108

8 Learn the characters.

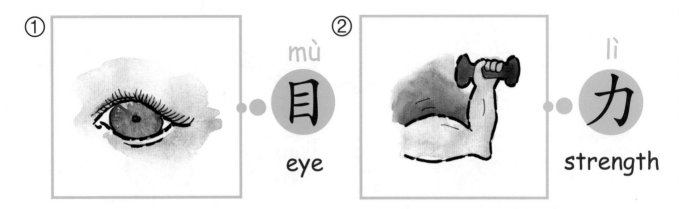

① mù
目
eye

② lì
力
strength

9 Colour in the picture and say the names in Chinese.

1 飛機
2 地鐵
3 船
4 汽車
5 公共汽車
6 電車
7 校車
8 出租車
9 自行車

109

10 Listen to the recording. Tick the correct answers. 🎧60

1) bà ba měi tiān dōu
爸爸每天都  ✓ shàng bān
上班。

2) mā ma měi tiān dōu
媽媽每天都  shàng bān
上班。

3) jiě jie měi tiān dōu
姐姐每天都   shàng xué
上學。

4) gē ge měi tiān dōu
哥哥每天都  shàng xué
上學。

5) wǒ měi tiān dōu
我每天都    shàng xué
上學。

6) wǒ měi tiān dōu chuān
我每天都穿   shàng xué
上學。

11 Ask your classmates the questions.

1) xiàn zài jǐ diǎn   nǐ yì bān jǐ diǎn qǐ chuáng
現在幾點？你一般幾點起牀？

2) jīn tiān jǐ yuè jǐ hào   jīn tiān xīng qī jǐ
今天幾月幾號？今天星期幾？

12 Make short conversations.

爸爸 / 坐出租車

EXAMPLE:

nǐ bà ba zěn me shàng bān
A: 你爸爸怎麼 上 班?
tā zuò chū zū chē shàng bān
B: 他坐出租車 上 班。

①

媽媽 / 船

④

姐姐 / 公共汽車

②

叔叔 / 地鐵

⑤

姑姑 / 火車

③

哥哥 / 校車

⑥

妹妹 / 自行車

dì shí liù kè
第十六課

gē ge de ài hào
哥哥的愛好

1

wǒ gē ge yǒu hěn duō ài hào
我哥哥有很多愛好。

tā xǐ huan tī zú qiú　　qí mǎ hé
他喜歡踢足球、騎馬和

huá bīng
滑冰。

tā yě xǐ huan kàn diàn yǐng
他也喜歡看電影。

tā hái huì tán gāng qín
他還會彈鋼琴。

New words: 62

① 好 be fond of　愛好 hobby
　hào　　　　　　　　ài hào

② 踢 kick
　tī

③ 足 foot
　zú

④ 球 ball　足球 football
　qiú　　　　zú qiú

⑤ 騎馬 ride a horse
　qí mǎ

⑥ 滑 slide
　huá

⑦ 冰 ice　滑冰 ice-skating
　bīng　　　huá bīng

⑧ 看 read; watch
　kàn

⑨ 影 movie　電影 movie
　yǐng　　　　diàn yǐng

⑩ 彈 play
　tán

⑪ 鋼 steel
　gāng

⑫ 琴 a stringed musical instrument
　qín
　鋼琴 piano
　gāng qín

1 Say in Chinese.

EXAMPLE:

chī zǎo fàn

吃早飯

①
喝可樂

②
洗澡

③
起牀

④
回家

⑤
睡覺

⑥
請站起來

⑦
請坐下

⑧
別說話

⑨
請進

⑩
開車

⑪
坐校車

⑫
騎自行車

2 Learn the radicals.

①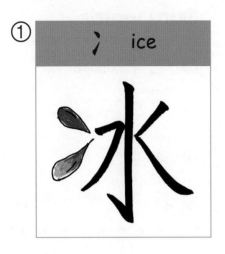

冫 ice

②

弓 bow

3 Read aloud the sentences. Then say the meaning of each sentence.

1) 動物園裏／有／老虎、／獅子／和／大象。
dòng wù yuán li　yǒu　lǎo hǔ　shī zi　hé　dà xiàng

2) 姐姐／每個星期六／都去／看電影。
jiě jie　měi ge xīng qī liù　dōu qù　kàn diàn yǐng

3) 弟弟／有／兩個愛好：／踢足球／和／滑冰。
dì di　yǒu　liǎng ge ài hào　tī zú qiú　hé　huá bīng

4) 媽媽／不／喜歡／白色／和／黑色。
mā ma　bù　xǐ huan　bái sè　hé　hēi sè

5) 我的小妹妹／今年／上／一年級。
wǒ de xiǎo mèi mei　jīn nián　shàng　yī nián jí

4 Say in Chinese.

EXAMPLE:

kàn shū
看書

①  滑冰

②  騎馬

③  騎自行車

④ 拉小提琴

⑤  跳舞

⑥ 唱歌

⑦ 畫畫兒

⑧ 踢足球

⑨ 彈鋼琴

5 Listen to the recording. Tick the correct answers. 🎧63

bà ba xǐ huan
1) 爸爸喜歡

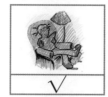   。

✓

mā ma xǐ huan
2) 媽媽喜歡

   。

gē ge xǐ huan
3) 哥哥喜歡

  。

jiě jie xǐ huan
4) 姐姐喜歡

   。

dì di xǐ huan
5) 弟弟喜歡

   。

wǒ xǐ huan
6) 我喜歡

   。

6 Learn the characters.

①  rén
人
person

②  tiān
天
sky

117

7 Ask your classmates the questions.

Questions	xué shēng 學生1	xué shēng 學生2
nǐ huì tī zú qiú ma 1) 你會踢足球嗎？		
nǐ huì qí mǎ ma 2) 你會騎馬嗎？		
nǐ huì qí zì xíng chē ma 3) 你會騎自行車嗎？		
nǐ huì tán gāng qín ma 4) 你會彈鋼琴嗎？		
nǐ huì huá bīng ma 5) 你會滑冰嗎？		
nǐ huì shuō fǎ yǔ ma 6) 你會説法語嗎？		

8 Listen, clap and practise. 🎧64

tī zú qiú　　tán gāng qín
踢足球，彈鋼琴，
wǒ hé gē ge dōu xǐ huan
我和哥哥都喜歡。
ài qí mǎ　　ài huá bīng
愛騎馬，愛滑冰，
wǒ men hái ài kàn diàn yǐng
我們還愛看電影。

118

9 Game.

足球

你會踢足球嗎？

INSTRUCTIONS:

1 The whole class may join the game.

2 Student A picks up a card with a word on it, and Student B uses the word to make a sentence.

3 Those who do not make a correct sentence must try again.

10 Speaking practice.

EXAMPLE:

wǒ jiào mǎ wén qín　　 wǒ jīn
我 叫 馬 文 琴 。 我 今

nián wǔ suì　　 shàng yī nián jí　　 wǒ
年 五 歲 ， 上 一 年 級 。 我

shì zhōng guó rén　　 wǒ huì shuō hàn yǔ
是 中 國 人 。 我 會 說 漢 語

hé yīng yǔ　　 wǒ yǒu hěn duō ài hào　　 wǒ xǐ huan kàn diàn shì　　 kàn diàn
和 英 語 。 我 有 很 多 愛 好 。 我 喜 歡 看 電 視 、 看 電

yǐng hé kàn shū　　 wǒ hái xǐ huan tán gāng qín
影 和 看 書 。 我 還 喜 歡 彈 鋼 琴 。

IT IS YOUR TURN! Introduce your hobbies.

11 Say as much as you can about each picture.

EXAMPLE:

wǒ xǐ huan yǎng chǒng wù
我喜歡養寵物。

wǒ xiǎng yǎng gǒu
我想養狗。

Useful words:

xǐ huan
ⓐ 喜歡 like

bù xǐ huan
ⓑ 不喜歡 do not like

huì
ⓒ 會 can

bú huì
ⓓ 不會 cannot

xiǎng
ⓔ 想 want; would like

bù xiǎng
ⓕ 不想 do not want

①

踢足球

②

看電影

③

彈鋼琴

④

吃水果

⑤

滑冰

⑥

吃蔬菜

⑦

喝牛奶

⑧

騎馬

⑨

學漢語

⑩

去動物園